Die AllerFrauen

Weihnachtsmarkt in Hobo

Ein lebendiger Adventskalender

von Ilena Grote

Bibliografische Information der Deutschen
Nationalbibliothek: Die Deutsche
Nationalbibliothek verzeichnet diese Publikation in
der Deutschen Nationalbibliografie; detaillierte
bibliografische Daten sind im Internet über
dnb.dnb.de abrufbar.

Umschlagfoto: Ilena Grote

Copyright©2024
Verlag:
BoD · Books on Demand GmbH,
In de Tarpen 42, 22848 Norderstedt
Druck:
Libri Plureos GmbH, Friedensallee 273,
22763 Hamburg

ISBN: 978-3-7693-1854-8

Vorwort

Hohnebostel, von den Jugendlichen auch liebevoll Hobo City genannt, liegt im niedersächsischen Kreis Celle am Rande der Lüneburger Heide und gehört zu der Gemeinde Langlingen. Die Gemeinde wird geteilt durch einen Fluss, die „Aller", deren Quelle in Wanzleben- Börde, einem Ortsteil von Eggenstedt liegt und die bei Verden in die Weser mündet.

Nun mag der Leser meinen der Titel „Die AllerFrauen" ist den Frauen gewidmet, die an der Aller leben. Aber das ist nur die halbe Wahrheit.
Das Buch „Die AllerFrauen" ist eine Hommage an jene Frauen, die sich um alle und alles kümmern.

Im Gegensatz zu ihren Geschlechtsgenossinnen in der Stadt, denen vieles verwehrt ist, einfach weil sie dort meist in der Anonymität leben, nutzen die Landfrauen die Möglichkeiten, die ihnen das Dorfleben bietet. Sie grüßen jeden, dem sie begegnen, und wünschen ihm einen schönen Tag, weil sie höflich und respektvoll mit ihren Mitmenschen umgehen. Sie helfen wo es Not tut, und sie sind ihren Männern mit Witz und Klugheit immer eine kleine Nasenlänge voraus.

Hinweise f. den Leser:

Dieses Buch enthält Unterhaltungen, die teilweise auf Plattdeutsch geführt werden. Für den unkundigen Leser dieses Dialektes sei noch gesagt, dass plattdeutschsprechende Personen in erster Linie in Norddeutschland zu finden sind. Trotzdem gibt es hier unterschiedliche Formen des Dialektes. Diese, in diesem Buch geschriebene Art der Aussprache, ist meiner Herkunft geschuldet.

Fehler, die vom Leser gefunden werden, darf er gern behalten!

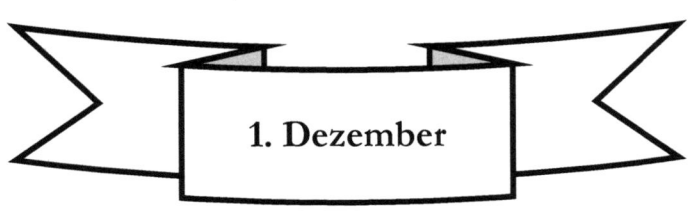

1. Dezember

Nahezu an jedem Abend trafen sich Willi, Hartmut, Michael, Werner und Christian in der Dorfkneipe von Hohnebostel, um nach getaner Arbeit den Feierabend mit einem oder auch zwei Glas Bier zu beschließen. Zugegeben, manchmal wurden auch mehrere daraus und zu den Bieren wurden auch noch Schnäpse gereicht. Ein Gedeck, wie sie es nannten.

Auch an diesem Abend war es so. Müde von der Arbeit, aber durchaus noch einem Treffen zugeneigt, hatten die fünf sich an diesem ersten Dezember wieder bei der Wirtin Moni eingefunden.

Willi, der Tischler, war immer der Erste. Wie immer kam er in die Gaststube, wenn es dunkel zu werden begann und besetzte den runden Tisch, damit niemand anderes sich dort niederließ. Wenn ihm dabei doch einmal ein Gast zuvorgekommen war, dann konnte das nur ein Fremder sein. Ein Ortsansässiger hätte es nicht gewagt. Der unrechtmäßige Platzeinnehmer wurde dann so lange von dem grimmig aussehenden Willi angestarrt, bis er ging oder sich einen anderen Platz suchte.
Als nächstes kam meist Hartmut. Er war Anfang 60 und hinkte ein wenig. Schnell setzte er sich zu Willi.

Langes Stehen war ihm ein Graus. Die anderen drei trudelten in unregelmäßiger Reihenfolge ein. Ohne auf eine Bestellung zu warten, stellte Moni jedem sofort ein Bier vor die Nase.

„Tjo, do sünd wi nu wedder." Christian versuchte ein Gespräch zu beginnen.

„Tjo,tjo, tjo", antwortete Michael und drehte versonnen das Bierglas zwischen Daumen und Zeigefinger.

„Tjo", sagte jetzt auch Werner und nickte.

Was sollte man sich auch noch erzählen, hatten sie sich doch gestern erst gesehen.

Nach einer Pause, in der alle fünf einen Schluck getrunken hatten, versuchte Christian es noch einmal: „Is jetzt bald Wiehnachten."

„Tjoo", sagte Willi. „Tied geiht hen."

„Moni", rief Werner. „Dann bring üsch man noch mol `n Gedeck."

Moni hatte die Biere schon vorgeschenkt, also brauchten ihre Gäste nicht lange zu warten.

„Na?" Moni blickte fragend in die Runde. „Was ist denn mit euch? So schweigsam kenne ich euch gar nicht. Habt ihr euch nichts mehr zu erzählen?"

„Ach Moni", sagte Willi, „kumm man erstmol in use Oller. Do gift dat nix mehr tau vatellen. Bi jück junge Lüe, do is jeden Dach wat los, ober bi üsch passiert nix mehr. For use Oller is doch hier upn Dörpe nix mehr los."

„Nun ja", antwortete Moni bestimmt. „Aber für sein Glück ist noch jeder selbst verantwortlich. Und das nichts los ist, das stimmt doch nicht. Nächsten Sonntag ist zum Beispiel Kaffeestube im Allerhaus in Langlingen. Da kann man doch mal hingehen. Dann trifft man auch mal andere Leute und hat hinterher auch was zu erzählen."

„Ach, dat is doch wat for Frunslüd- Kaffe drinken un Kauken äten un so wat." Werner schnaufte verächtlich. „Goh mick los. Un hinerher, do kummt miene Helga no Hus un weit allet wat so in Dörpe vatellt wart. Wer wieder mol ´n niet Kleed hat oder wecke Nachbor nich mehr tauhus is, weil hei in Urlaub feuert is. Oder schlimmer noch, wekke Fohrt sei mit de Landfruens mocken well." Die anderen vier aus der Runde hatten während seiner Rede zustimmend genickt.

Moni war fassungslos. „Merkste was, Werner? Ihr sitzt hier und blast Trübsal, weil angeblich nichts los ist in unserem Dorf und ihr euch nichts mehr zu erzählen habt, und wenn die Frauen was unternehmen, dann ist es auch wieder nicht richtig? Euch ist doch nicht mehr zu helfen." Moni schüttelte den Kopf und verschwand in der Küche.

„Hm." Christian strich sich nachdenklich mit der Hand durch seinen dunklen Bart. „Recht hat sei jo. Velleicht schöt wi uck mol wat daun. De Winter fängt doch grod an. Un wenn hei genauso lang duat wi de leste, dann langwielt wi üsch bannich, dat sech ick jück."

„Do kannst Recht hebm." Michael war der Jüngste in der Runde. Eigentlich konnte er gar kein Plattdeutsch sprechen. Aber er versuchte es immer, weil er sich den anderen anpassen wollte. Manchmal kamen dabei lustige Worte heraus, aber seine Tischgenossen vermieden es, ihn zu korrigieren und verdrehten höchstens mal die Augen, wenn es dann doch zu dumm war, was Michael gerade über die

Lippen kam. „Wi höt gor nix worup wi üsch freun könnt."

Willi schnaufte: „Freun! Du kannst dick jo up Wiehnachten freun. Wi de Kinners. Kannst jo uck jeden Dach n Dörchen upmokken, un Schokolode rutgriepen. Nee, in use Oller is dat vorbi mit den „Freun". Ick freu mick, wenn ick hier süttn kann un krich mien Gedeck. Moni!" Er winkte Moni zu und kreiste mit dem Finger über den Tisch. „Noch`n Gedeck!"

Moni schüttelte lächelnd den Kopf. „Kommt sofort." Nachdem sie die Getränke zwischen den nun wieder schweigenden Männern verteilt hatte, zog sie sich einen Stuhl ran und setzte sich dazu. Die Männer sahen sie erstaunt an. Dass Moni sich zu ihnen gesellte, kam selten vor.

„Nun", sagte Moni, „jetzt wo wir unter uns sind, will ich euch sagen, dass ich die Wirtschaft aufgebe. Ihr seht ja selber, dass hier nichts mehr los ist." Sie zeigte auf den leeren Gastraum vor der Theke. „Von so treuen Gästen wie euch habe ich leider zu wenige, um davon leben zu können. Anfang des kommenden Jahres habe ich eine neue Arbeitsstelle. Deshalb schließe ich zum Ende Dezember."

„Dat is jo mol wat niet!" Werner war entsetzt. „Dat mut ick glicks miene Helga vatellen. Schrief an!" Er sprang auf und rannte raus. Die vier anderen sahen aus wie ein Häufchen Elend.

„Und wo sollen wir uns dann treffen?" Vor Schreck vergaß Michael plattdeutsch zu sprechen.

Christian murmelte bei sich: „Wir brauchen einen Plan."

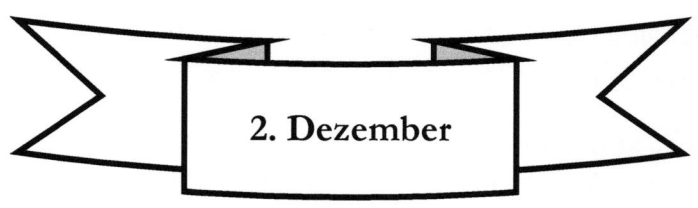

2. Dezember

Gisi und Sabine trafen sich am Morgen vor dem Hanzlmarkt in Langlingen. Beide hatten noch am gestrigen Abend durch ihre Männer Christian und Michael von der Schließung der Dorfkneipe gehört und unterhielten sich über Moni.

„Oh", sagte Gisi. „Das ist aber schade. Aber ich kann Moni verstehen. Eine Kneiperin war sie ja nie. Bier trinken mag sie nicht und zum Kochen hat sie keine große Lust."

„Na ja", meinte Sabine. „und seitdem die Gäste in den Kneipen nicht mehr rauchen dürfen, geht ja auch kaum noch jemand hin. Das hört man ja überall."

„Und weitermachen, nur weil ihre Eltern ihr die Gaststätte vermacht haben? Aber sie wird es sich schon gut überlegt haben. Schade ist es trotzdem. Eigentlich wollte ich meinen Geburtstag in zwei Jahren dort feiern. Da muss ich mir jetzt wohl etwas anderes suchen." Gisi zog einen Einkaufswagen aus dem Ständer. „Da fällt mir ein: heute Nachmittag gibt Helga ein Kaffeetrinken zu ihrem Geburtstag. Kommst du auch?"

Sabine schlug sich erschrocken mit der Hand vor den Kopf. „Ja klar. Gut dass du es sagst. Hätte ich doch beinahe die Pralinen vergessen, die ich ihr schenken will."

Die beiden trennten sich, um die Einkäufe zu erledigen.

Helgas Haus lag unweit der Dorfkneipe von Moni. Es war ein alter Bauernhof, der in den vergangenen Jahren immer mal umgebaut wurde, um allen Lebensumständen gerecht zu werden. Erst lebten die Schwiegereltern von Helga im Erdgeschoss. Dann heirateten Helga und Werner und zogen ins Obergeschoss ein. Als dann die Kinder Jasmin, Bastian und Lara geboren waren, wurden die Wohnungen getauscht, so blieben die Alten vom Trampeln der Kinderfüße über sich verschont. Beim zweiten Kind wurde es eng und der erste Anbau erfolgte. Da es sinnvoll war, gleichzeitig die obere Wohnung zu vergrößern, hatten die Schwiegereltern nun auch mehr Platz. Die Kinder wurden größer und die Schwiegereltern älter und schwerfälliger, sodass sie die Treppen nur noch mit Mühe hochkamen. Also begann der Rückbau. Die Schwiegereltern zogen nach unten, Helga, Werner und die Kinder nach oben. Danach geschah was geschehen muss: Die Schwiegereltern starben, die Kinder zogen aus und Helga und Werner konnten in ihrem Haus Verstecken spielen, weil es für sie beide allein viel zu groß war.

An diesem Nachmittag saß nun eine gut gelaunte, ausschließlich weibliche, Gesellschaft bei Helga im Wohnzimmer und plauderte munter durcheinander. Über Themen wie das Wetter (es ist aber schon kalt, ich hatte schon den Ofen an) oder Krankheiten (das hatte unsere Katze auch, nach 14 Tagen war sie tot) oder Politik (die kann auch nicht damit aufhören. Muss man denn zu jedem Ereignis ein Gesetz erlassen?) wurde diskutiert.

Außer Sabine und Gisi und selbstverständlich der Gastgeberin Helga waren auch Elsa, die Frau von Willi und Gesine, die Frau vom Bürgermeister Ginster, dabei. Marie kam wieder einmal so spät, das der Kaffee getrunken und der Kuchen bereits abgeräumt war, sodass Helga für sie noch einmal alles hervor holen musste. Luise und Hanna hatten abgesagt, weil Luise auf einer Versammlung war und Hanna nicht ohne Luise kommen wollte. Auch das alles wurde in der Runde ausführlich besprochen.

Allerdings unterhielten sich die Frauen ausnahmslos auf Hochdeutsch, aus Rücksicht auf diejenigen, die zugezogen waren.

Als der Sekt auf dem Tisch stand und sich alle zugeprostet hatten, kam das Gespräch auch auf die Dorfkneipe. Einige wussten von nichts und wurden erst einmal auf den Stand gebracht. Gesine trug mit ihrem Wissen aus erster Hand, wie sie sagte, dazu bei, dass weitere Informationen zu hören waren.

„Also", sagte Gesine. „Mir hat die Moni erzählt, dass sie bereits einen großen Schuldenberg vor sich herschleppt. Der bestand wohl schon als sie die Wirtschaft geerbt hat. Ihr Vater hat ja, das wissen wir alle, allzu gern getrunken – nicht nur Bier. Nachdem er dann verstorben ist, hatte ihre Mutter versucht, seine Verpflichtungen zu erfüllen, deswegen kam dann ja die Moni zurück und hat sie dabei unterstützt. Aber die Wirtschaftlichkeit war hier auf dem Dorf nun einmal nicht gegeben. Deshalb hat sie sich entschlossen zu schließen."

„Also mir ist das ganz recht." Schnippisch schaute Gisi in die Runde. „Mein Christian ist viel zu oft dort."

„Ja, das finde ich auch." Sabine stimmte ihr zu. War sie doch immer etwas eifersüchtig auf Moni, weil sie meinte, die würde ihr den Mann ausspannen wollen.

Marie, die die ganze Zeit an der Tischdecke herumfingerte, weil sie sie anscheinend gerade ziehen oder mit den Händen eine Falte herausbügeln wollte, warf ein: „Mein Rainer geht da sowieso nicht hin. Dafür hat er gar keine Zeit. Der macht lieber Sport und geht Fahrradfahren, zum Tennis oder ins Fitnesszentrum. Vielleicht sollten eure Männer, das auch mal ausprobieren. Das ist auch viel gesünder."

Für ihren Einwand erntete sie nur verständnislose und mitleidige Blicke. Das konnte sich nun wirklich keine der Frauen vorstellen.

„Das kann ich mir nun wirklich nicht ausmalen. Mein Werner im Tennisdress." Helga lachte laut auf.

„Oder mein Christian auf dem Laufband." Gisi kringelte sich vor Lachen.

„Nun ja", meinte Sabine. „Fahrrad fährt Michael ja. Von zu Hause bis zu Moni!"

Helga mischte sich ein. „Also, ich war immer ganz froh, dass Werner abends noch dorthin ging. Da konnte ich in Ruhe meine Sendung sehen. Wenn er zuhause ist, dann muss ich immer Sport schauen. Oft gehe ich schon freiwillig um acht Uhr ins Bett, weil ich dort den Krimi gucken kann, ohne mit ihm streiten zu müssen.

„Außerdem", meinte Gesine. „Außerdem konnten sie sich bei Moni immer darüber unterhalten, Fußball, Tennis, Autorennen. Diese Themen interessieren alle unsere Männer, auch ohne dass sie selber Sport treiben. Aber mich doch nicht!" Gesine wurde immer lauter: „Ich will mir das nicht anhören müssen."

Aufgeregt stimmten ihr alle Frauen zu. Jede der Anwesenden dachte plötzlich daran, wie es wäre, wenn der eigene Mann plötzlich jeden Abend zu Haus ist.

Schrecklich!

In der plötzlich eingetretenen Stille wurde eine Stimme laut. Elsa, die Älteste unter ihnen, sagte: „Mädels, wi bruckt `n Plon!"

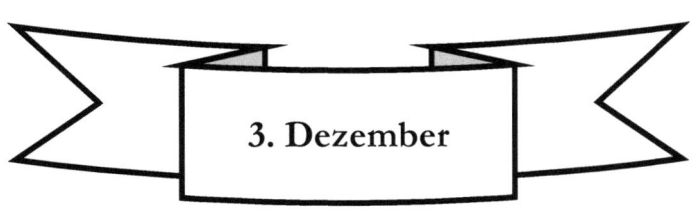

3. Dezember

Am nächsten Tag kam Luise zu Besuch zu Helga, um ihr nachträglich zum Geburtstag zu gratulieren. Wieder kam das Gespräch auf die Dorfkneipe und darauf, dass Moni schließen wolle.

„Schade", meinte auch Luise dazu. „So ein altes Gebäude. Na dann können wir ja nur darauf warten, dass es zusammenfällt. Moni und ihre Eltern haben ja auch schon lange nichts mehr daran renoviert."

„Mit einer Renovierung wäre es heute auch nicht mehr getan", antwortete Helga. „Mittlerweile bedarf es einer Sanierung. Die Fenster, die Fassade, man sieht dem Gebäude die Jahre an, die es schon steht."

„Wann wurde es wohl gebaut? Also so lange ich lebe, gibt es das schon. Das sind mindestens fünfundfünfzig Jahre." Luise seufzte. „Jedes Mal, wenn ich diese Zahl höre, werde ich ganz wehmütig."

„Die Dorfkneipe gibt es mindestens seit 120 Jahren. Darüber stand doch mal eine Geschichte in der Zeitung. Ich denke auch, dass seitdem fast nichts mehr gemacht wurde. Dann müssten die Strom- und Wasserleitung auch noch erneuert werden. Das kann Moni sich mit dem besten Job wohl nicht leisten, zumal sie allein ist. Vielleicht will sie es ja verkaufen?"

„Einen Energiepass würde das Haus wohl auch nicht erhalten", kicherte Luise. „Aber sag` mal, eure Männer treffen sich doch jeden Abend dort. Was sagen die denn zu der Schließung?"

„Die sind richtig sauer", antwortete Helga. „Werner meint, Moni hatte nie so richtig Lust dazu gehabt, und sie hätte nur einen Grund gesucht, die Kneipe zu schließen. Wie auch immer, wir Frauen sind auch nicht begeistert davon, dass wir unsere Männer plötzlich wieder abends zu Haus haben. Jetzt müssen wir uns alle wieder anders einrichten. Na ja, bis auf Sabine, die hat ja immer Angst, dass ihr Michael mit einer anderen durchbrennt. Wenn du mich fragst, das ist auch nur noch eine Frage der Zeit, dass er sie verlässt. Aber dann liegt es nicht an einer anderen Frau, sondern nur daran, dass Sabine so eifersüchtig ist."

„Meinst du wirklich? Ist die so?" Luise schaute Helga fragend an. „Ich kenne Sabine zu wenig und mit Michael habe ich noch keine zwei Worte gewechselt."

„Ist dir das noch nie aufgefallen? Wenn sie gemeinsam auf einer Feier sind, dann lässt Sabine ihn nicht aus den Augen. Aber um noch einmal auf die Gaststätte zu sprechen zu kommen. Das alte Haus von Schneiders hat doch auch ein Pärchen aufgekauft. Ich glaube, die kamen aus Celle. Die heißen Mattias oder so. Das weiß ich gar nicht genau. Jedenfalls haben die das ganz wundervoll renoviert. Ein kleines Schmuckstück ist das jetzt. So jemand muss doch auch für die Kneipe zu finden sein."

„Will Moni denn verkaufen?" Luise sah ungläubig zu Helga.

Helga zuckte mit den Schultern.

„Weißt du was?", sagte Luise. „Lass uns morgen mal Moni besuchen, zum Kaffee und dann fragen wir sie mal, wie sie sich das alles vorstellt. Wahrscheinlich zerbrechen wir uns hier ganz umsonst unsere Köpfe und Moni hat bereits einen Plan, wie sie weiter vorgehen will."

„Das ist eine gute Idee. Vielleicht ist das für mich auch die letzte Chance, das Gebäude noch einmal von innen zu sehen." Sie machte eine Pause bevor sie etwas wehmütig fortfuhr: „Ich kann verstehen, dass unsere Männer sauer sind, weil sie sich nirgends mehr treffen können. Auch für mich wird es sehr seltsam sein, wenn die Kneipe leer steht. Sie gehörte doch immer zum Dorf dazu."

„Nun ja", antwortete Luise. „Es ist ja noch nicht aller Tage Abend. Warten wir mal ab, was Moni uns morgen dazu erzählt. Wollen wir vielleicht noch Gesine fragen, ob sie mitkommt?"

„Gute Idee, dann fragen wir auch gleich noch Elsa und Gisi - und Sabine, damit sie sich nicht wieder ausgegrenzt fühlt."

„Das sieht ja mehr nach einer Versammlung aus, als nach einem spontanen Kaffeetrinken." Luise war skeptisch.

„Egal", meinte Helga, „dann sind alle gleichermaßen informiert und auf demselben Stand." Dann fiel ihr ein: „Aber morgen kann ich nicht. Lass uns das auf übermorgen verschieben."

„Gut", sagte Luise, „dann haben wir auch Zeit, die anderen zusammen zu trommeln."

„Ich backe Kuchen. Den können wir dann mitnehmen. Am besten wir treffen uns alle hier, dann können alle tragen helfen."

„Das hört sich gut an. Aber jetzt nochmal was anderes…" So plauderten die beiden noch ein gutes Stündchen weiter, bevor Luise sich verabschiedete um bei Regen und Sturm den Weg nach Haus anzutreten.

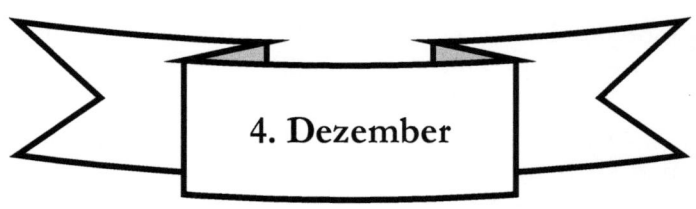

4. Dezember

Eigentlich war Willi schon lange Rentner, aber er hatte seine Werkstatt bei sich im Haus und so machte er noch die eine oder andere Arbeit für Familie, Freunde und Nachbarn. Keine schweren Arbeiten, aber mal ein Scharnier richten oder eine Tischplatte abschleifen, das war für ihn kein Problem. Als seine Frau Elsa in die Tischlerei kam, schaute er flüchtig von seiner Arbeit auf. Sie hatte ihren Urenkel Felix dabei.

Willi grinste in sich hinein. Hatte sie es wieder geschafft. Kaum waren die Kinder aus dem Haus, hatte sie dafür gesorgt, dass sie in unregelmäßigen Abständen wenigstens einen der Enkel oder den Urenkel zu sich holte. Für ihn kochte sie dann sein Lieblingsessen und Pudding oder backte Kuchen. Beide Kinder, Angela und Henning waren verheiratet und hatten sich im Ort niedergelassen. Jeder von ihnen hatte zwei Kinder, Henning zwei Söhne und Angela zwei Töchter, von denen die Älteste wiederum den Sohn Felix hatte. Seine Mutter Jaqueline war nicht verheiratet und hatte auch niemanden, mit dem sie zusammenlebte, aber sie meinte, das wäre gar kein Problem. Es gäbe schließlich viele Alleinerziehende. Also würde sie das auch schaffen. Dass ihre Eltern und Großeltern sie dabei auf verschiedene Art und Weise unterstützen, nahm sie als selbstverständlich hin. Es fiel ihr nicht mal auf, dass Felix mehr bei seinen

Groß- und Urgroßeltern war als bei ihr, und die vergötterten ihren kleinen Prinzen. Mittlerweile war der kleine Prinz ein, für sein Alter recht hochgewachsener, Achtjähriger, der zum Klugscheißer mutierte, zumindest wenn er bei seinen Urgroßeltern war. Aber Uroma Elsa liebte ihn.

Wie sie nun so in der Tür standen, sagte Elsa zu Willi: „Guck mal Opa, wen ich dir da mitgebracht habe."

Felix stand hinter Oma. Vor Opa hatte er großen Respekt. Opa war groß und dick und stark. Wenn Opa sprach, dann hörte es sich an, als wenn es donnerte, und so traute er sich nicht, seine üblichen Allüren an Opa auszulassen. Das tat er nur bei Oma, mit der konnte er das machen, meinte er.

Willi sah Felix mit strengem Blick an. „Hast du nicht gelernt guten Tag zu sagen, wenn du in ein Haus kommst?" Polterte er.

„Aber, aber Opa", stammelte Felix. „Ich bin doch gar nicht ins Haus gekommen. Ich bin doch schon lange drin."

Willi musste sich wegdrehen, damit Felix nicht sah, wie er sich das Lachen verkniff.

Elsa rettete die Situation und sagte: „Felix, nun sag Opa guten Tag und dann gehen wir in die Küche."

„Guten Tag", rief Felix hastig, machte auf dem Absatz kehrt und lief in Richtung Küche.

„Willi, musst du den Jungen jümmers so verjogn, dat is nich richtig." Elsa sah kopfschüttelnd zu Willi rüber.

„Kann hei nich goden Dach segn, wenn hei int Hus kummt? Düsse Kinners höt överhaupt keine Erziehung mehr. Wat dat man mol wern schall. Und du musst dick do uck nich jümmers twüschenmüschen, wenn ick öhm vatelln will wat sick gehört."

„Ach Willi, so büste doch gor nich. Du rechst dick bloß noch jümmers up, weil de Moni tau mokt. Dat könnt wi numol nich ännern. Find dick domitte af. Und nu mut ick mol kiecken, wat Felix do inne Köken mokt. Nich dat hei an Herd gaht."

Elsa verschwand in der Küche. Nachdem sie zusammen mit Felix Kekse gebacken und diese zum Abkühlen unter den Schauer gestellt hatte, rief sie nach Willi, damit sie alle gemeinsam Kaffee trinken konnten. Für Felix hatte Oma Elsa natürlich heißen Kakao gekocht.

Als sie sich dann alle drei um den Kaffeetisch versammelt hatten, fragte Elsa ihren Mann: „ Sech mol Willi, ick mut jo noher noch taun Doktor. Kannst du Felix denn mit inne Werkstatt nehm? Hei könnt di doch wat anrieken."

„Wat schall hei mi denn anriekn?" Willi sah Elsa skeptisch an.

„Oder jü könnt doch wat tauhope bastln. Velleicht n Kerzenholder. Du kannst öhm doch teigen, wat hei moken mut."

„Wat schöll hei denn mitn Kerzenholder? Nun jo, feuer du man wech. Mick fällt schon wat in."

Nachdem Elsa weggefahren war, kam Felix zu Opa in die Tischlerei und sah sich um. Was da alles herum lag: Holz und Werkzeug, Späne und Töpfe mit Oel und Farbe. Nach einer Weile nahm er ein Teil in die Hand und fragte: „Opa, was ist denn das?"

Opa erwiderte mürrisch: „Dat is `n Stemmiesen." Wohl wissend, dass der Junge kein Platt verstand, wiederholte er schnell auf Hochdeutsch: „Das ist ein Stemmeisen. Leg` das wieder hin! So wie du das hältst, tust du dir nur weh." Felix legte es zurück und nahm das nächste Teil in die Hand. „Und was ist das, Opa?"

„Das ist ein Hobel!" Jetzt wurde Willi laut. „Herrgott, musst du denn alles anfassen?" Felix erschrak. Als Willi sah, dass dem Jungen die Tränen in die Augen traten, stimmte ihn das milde und er sagte: „Komm. Hier hast du eine Laubsäge und ein Brett. Versuch mal, ob du daraus was sägen kannst. Setz dich da auf den Schemel und dann versuch es mal."

Felix tat wie ihm geheißen war und versuchte sein Glück. Als Oma Elsa nach Hause kam, saßen die beiden immer noch friedlich, jeder auf seinem Hocker und verrichteten ihre Arbeiten. Oma lächelte bei sich und dachte: Geiht doch. Manchmol mut man de Minschen einfach tau´hope ketten, denn find sick allns vun alleene. Sie besah sich Felix seine Versuche. Schließlich sagte sie: „Das hier sieht ja aus wie ein Herz. Das ist ja wunderschön. Jetzt musst du die Ränder nur noch ein wenig abschmirgeln, dann kannst du es anmalen und dann hast du ein schönes Geschenk für die Mama zu Weihnachten."

„Oh ja Oma, das mach ich. Und dann mach ich noch eines für Oma Angela und für dich und für meine Lehrerin und für…"

„Moment, Moment", unterbrach ihn Oma. „Mach man erstmal eines fertig, dann sehen wir weiter."

„Oma, weißt du was?", flüsterte Felix geheimnisvoll. „Ich habe einen Plan."

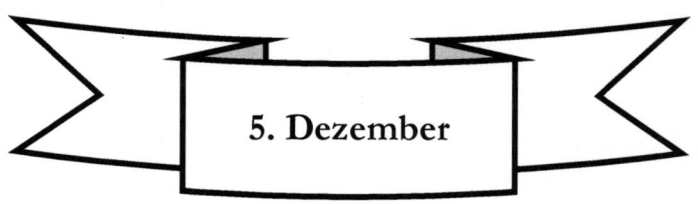

5. Dezember

Die Karawane der Frauen in Richtung Dorfkneipe startete an Helgas Haus. Luise, Elsa, Gisi, Gesine und Helga marschierten, mit Kuchen und Kaffeekannen bewaffnet, wohl geordnet los, um Moni aufzusuchen und sich von ihr über die Zukunft des Gasthauses in Kenntnis setzen zu lassen. Sabine hatte auf Helgas Anruf verächtlich reagiert und gesagt, sie wäre froh, wenn die Kneipe endlich schließen würde. Deshalb sähe sie auch keinen Grund, mitzugehen. Gesine hatte am Vormittag noch schnell aus dem Blumenladen von Heinchen einen Blumenstrauß für Moni geholt. (Eigentlich hieß Heinchen Heinke. Aber alle kannten sie von Kindheit an, deshalb nannte man sie immer noch bei dem Spitznamen, den sie von ihrer Oma erhalten hatte.) Dabei war Gesine mit Heinchen und Hanna, die sie dort zufällig angetroffen hatte, ins Gespräch gekommen und hatte ihnen von dem Vorhaben, Moni zu besuchen, erzählt. Kurzerhand hatte man beschlossen, dass die beiden mitkommen sollten. Heinchen hatte ihr Auto direkt vor dem Gasthaus auf dem Parkplatz abgestellt und als die anderen Frauen eintrafen, schloss sie sich ihnen gemeinsam mit Hanna an.

Moni war überrascht. Dass sich spontan so viele Frauen in ihrer Kneipe trafen, hatte sie bisher noch nicht erlebt. Schnell schob sie mehrere Tische zusammen und deckte sie mit Kaffeegeschirr ein.

Nachdem alle Platz genommen hatten, bat Helga auch Moni sich dazu zusetzen.

Dann erklärte Helga ihr den Grund des Überfalls und bat sie, den anwesenden Frauen zu erzählen, was passiert sei, und warum sie auf einmal die Wirtschaft schließen wolle.

Moni fing an: „Also, auch wenn es euch so vorkommt. Es ist nicht so als hätte ich mir das gerade eben erst überlegt. Ich habe schon lange darüber nachgedacht wie es hier weitergehen solle. Früher, als meine Eltern noch lebten, war hier in der Adventszeit weihnachtlich geschmückt worden und es stand ein beleuchteter Tannenbaum vor dem Haus. Könnt ihr euch noch erinnern? So wenig wie hier los ist, habe ich zum Dekorieren einfach keine Lust mehr. Es lohnt doch nicht. Und es ist in diesem Jahr noch niemandem aufgefallen, dass kein Baum mehr auf dem Parkplatz steht. Früher sind Sonntagsmorgens die Frauen in die Kirche gegangen und die Männer sind hierher in die Kneipe gekommen. In der Woche war jeden Abend Betrieb, weil die Männer sich nach der Arbeit im Stall oder auf dem Feld hier noch auf ein oder zwei Feierabendbiere trafen und Neuigkeiten austauschten. Sicher, die Frauen waren davon nicht begeistert, aber meine Familie hatte dadurch ihr Auskommen. Auf einmal fuhren die Männer ins Werk zur Arbeit und wenn sie nach Haus kamen, waren sie von der Arbeit und der langen Fahrt zu müde, um hierher zu kommen. Neuigkeiten brachten sie von dort mit, aber weil jeder eine andere Arbeit hatte, interessierte es über kurz oder lang niemanden mehr, was der andere tat. Die Treffen wurden weniger. Dann kam das Rauchverbot in öffentlichen Gaststätten und von da an ging es für mich hier nur noch bergab. Mittlerweile hat sich die Jugend anders orientiert. Die gehen nicht mehr in Gaststätten. Ich glaube auch, dass sie sich gar nicht mehr so regelmäßig treffen, wie früher die älteren Generationen. Höchstens noch mal am Wochenende um auf Partys zu gehen. Die paar treuen Gesellen, die jetzt trauern, weil ich schließe, davon kann ich auch nicht leben. Und auch sonst. Ihr wisst selber, dass ihr eigentlich nur noch ausgeht wenn ihr irgendwo schick essen wollt. Da ist so eine alte Dorfkneipe wie meine schlichtweg überholt." Moni sah traurig in die Runde, hoffte aber, dass die anderen sie verstanden hatten.

Es war Stille in dem Raum. Betreten sah jede vor sich auf den Tisch, wussten doch alle, dass Moni Recht hatte. Der Lauf der Zeit war einfach nicht aufzuhalten und das Rad zurückdrehen, das konnte auch niemand mehr.

Helga war die erste, die sich fing. „Ja aber", sagte sie. „Was hast du vor und was passiert jetzt mit dem Gebäude?"

„Ich werde am zweiten Januar als Kellnerin in Celle anfangen. Da habe ich einen acht Stunden Tag und bin abends um zwanzig Uhr zu Haus. Am Wochenende brauche ich nur alle zwei Wochen arbeiten und einen Tag in der Woche habe ich außerdem frei."

„Aber das ist doch sehr schön für dich", meldete Elsa zu Wort. „Dann musst du ja auch nicht mehr jeden Tag, so wie jetzt."

„Ja, das stimmt, Elsa", antwortete Moni. „Aber was ich mit der Gaststätte mache, das weiß ich noch nicht. Einen Saal, den man vielleicht für Feiern vermieten könnte, gibt es nicht. Auch sonst ist alles alt und ich möchte hier eigentlich nichts mehr investieren. Kann ich auch gar nicht", fügte sie noch leise hinzu.

„Aber irgendetwas muss doch passieren." Gesine mischte sich jetzt vehement ein. „Das hier in der Mitte unserer Gemeinde so ein Haus einfach verwahrlost, das geht ja auch nicht."

Da stimmten ihr alle Frauen zu und Helga sagte: „Elsa hat es auch schon gesagt und ich stimme ihr zu. Wir brauchen einen Plan. Irgendwie muss es doch eine Lösung geben, dieses Gebäude zu erhalten und gleichzeitig eine neue Freizeitbeschäftigung für unsere Männer zu finden."

Luise sah, dass etwas getan werden sollte und sagte: „Als erstes stellen wir hier mal wieder eine Tanne auf. Hartmut hat doch bestimmt noch eine für dich, Moni. Ich werde ihn fragen. Morgen ist Nikolaus. Dann treffen wir uns wieder und stellen die hier auf. Hast du noch Lichterketten?"

Moni antwortete: „Die müsste noch auf dem Dachboden liegen."

Gisi gab zu Bedenken, dass Hartmut doch bestimmt Geld für die Tanne haben wolle. „Von dem kriegt man nichts geschenkt", fügte sie hinzu.

Daraufhin entgegnete Gesine schmunzelnd: „Na, dann frag ich mal den Bürgermeister. Ich habe da einen ganz guten Draht. Der soll mal das Gemeindesäckchen öffnen. Motto: Unser Dorf hat Zukunft! Schließlich ist der Baum ja für alle. Und den Glühwein zum Baumaufstellen kann er dann auch gleich spenden."

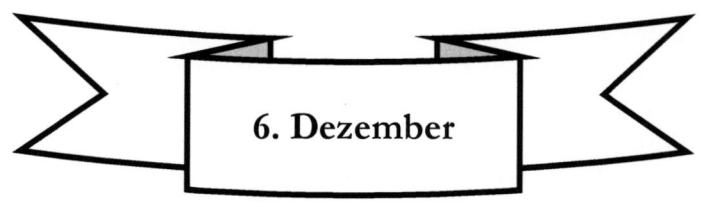

6. Dezember

Der Bürgermeister brauchte das Gemeinde-säckchen nicht öffnen um Tanne und Glühwein zu bezahlen. Stattdessen hatten sich Hanna und Gisi bereiterklärt, den Glühwein zu besorgen. Elsa wollte außerdem noch selbstgebackene Kekse zu dem Unternehmen „Tannenbaum" beisteuern. Auch die Tanne bekamen sie gratis von Hartmut, bei dem es eigentlich nichts umsonst gab. Er meinte, so einen großen Baum wolle sowieso niemand kaufen, um ihn sich ins Wohnzimmer zu stellen. Er hatte Christian gebeten, ihm beim Transport behilflich zu sein und so brachten die beiden die Tanne am späten Nachmittag zu Moni. Es stürmte heftig und am Himmel zogen schwarze Regenwolken auf. Wenn nicht Michael gerade in diesem Augenblick von der Arbeit gekommen wäre, hätten sie den Baum wohl nur schnell vor die Tür gelegt und wären wieder gefahren. Aber Michael sorgte dafür, dass Moni den großen und stabilen Ständer brachte und sie zu dritt die Tanne in dieser Vorrichtung befestigten.

„So, vundag doon is morjen verdeent." Michael warf sich stolz in die Brust.

„Jo, dat kannst segn", antwortete Hartmut. „Do höt wi üsch `n Bier verdeint. Nich Moni?"

Moni winkte die drei in die Gaststätte: „Kommt rein, ich lad euch auf eins ein."

Sie waren gerade hinter der Tür verschwunden, da kamen die Frauen.

„Das sieht nach Regen aus", sagte Elsa. „ich bring mal schnell die Kekse in den Flur."

In dem Moment erschien Moni mit der Lichterkette im Arm. „Guten Tag, alle miteinander. Die Kerzen funktionieren noch. Und, wie ihr seht, der Baum steht auch schon. Den hat Hartmut gespendet. Keine Ahnung, was ihn geritten hat, dass er so spendabel ist." Mit einem Blick zum Himmel fügte sie hinzu: „Jetzt muss es aber schnell gehen, bei diesem Wind kommt der Regen noch einmal schneller runter."

„Kann ich die Kekse reinbringen, dann habe ich auch die Hände frei?" Elsa, die außerdem noch Felix mitgebracht hatte, wurden die Teller mit dem Gebäck zu schwer.

Gesagt – getan. Schnell fassten die Frauen mit an und trugen die Kekse ins Haus.

Helga hatte in der Zwischenzeit noch schnell eine Leiter von zu Haus geholt, und Gisi hielt sie nun fest damit sie hinaufsteigen und die oberen Kerzen befestigen konnte. Als Helga oben stand rauschte plötzlich ein Auto an ihnen vorbei und fuhr auf das Nachbargrundstück von Helga. Neugierig beobachtete Helga, wer dort ausstieg. „Ach", sagte sie schließlich. „Das sind meine Nachbarn. Die haben scheinbar ein neues Auto."

Der Nachbar stieg aus, sah Helga auf der Leiter stehen und schüttelte den Kopf. Helga winkte noch kurz zu ihm rüber, aber da war er schon im Haus verschwunden.

„Wie heißen die eigentlich, Helga?" Elsa, die unten stand und ihr die Kette anreichte, hatte das Ganze beobachtet.

„Mattern oder so. Ich weiß nicht. Die wohnen ja noch nicht so lange dort. Vielleicht zwei Monate? Scheinbar sind die von morgens bis abends auf der Arbeit. Und jetzt ist auch nicht unbedingt die Jahreszeit, dass man sich mal im Garten trifft und über den Zaun hinweg plaudert."

„Du hättest ja auch schon mal rübergehen und dich vorstellen können, oder?" Schon die Art wie Elsa die Frage stellte war vorwurfsvoll.

„Ja hätte ich", antwortete Helga schnippisch. „Aber die hätten sich ja auch mal vorstellen können. So als neue Nachbarn. Ich finde, das hätte sich gehört."

Elsa lenkte um des lieben Friedens Willen ein und wandte sich Felix zu, der bis dahin neugierig gelauscht hatte: „Sag` mal Junge, frierst du? Das du dir auch keine dicke Jacke angezogen hast. Immer dieser modische Kram. Hauptsache schick. Ob das warm hält, kümmert deine Mutter wohl nicht. Und eine Mütze hast du auch nicht mit." Jeder sah, wie Felix vor Kälte zitterte.

Luise schüttelte den Kopf und sagte: „Stell` dich da mal in den Vorbau. Da zieht es nicht so. Hier hast du noch ein Tuch von mir. Darin kannst du dich einwickeln." Gisi gab ihm auch noch ihre Mütze, bevor sie ihn in eine Ecke schob, in der es nahezu windstill war.

„Oh nee", fluchte Elsa. „Wat is de Schnur wer vertüddelt. Dat kriech ick jo gor nich utn anner geplürt. Help mick doch mol een, süss mött wi den Anfang wedder vun Boom afmokken."

Luise, Hanna, Gesine und Gisi fassten zu, und versuchten mit vereinten Kräften den Knoten aus Kabel zu entwirren. Immer wenn die Frauen aufsahen, stand auch Felix wieder daneben und schaute ihnen gespannt zu und jedes Mal schimpfte eine der Frauen mit ihm und schickte ihn wieder in die Ecke.

Als die Kerzen endlich am Baum befestigt waren, hatte der Wind sich schon zu einem Sturm entwickelt. Moni hatte die letzten Handgriffe mit erledigt und lud nun alle Frauen ein, den gelungenen Aufbau im Innern der Gaststätte zu feiern.

Der Glühwein und die Kekse standen dort schon bereit. Hartmut, Christian und Michael, die immer noch dort saßen und sich am Zapfhahn schon selber bedient hatten, begrüßten gutgelaunt die Frauen und Felix als nochmals die Tür aufging und Sabine hereinplatzte. Sie hatte Michael gesucht und sein Auto vor der Kneipe gesehen.

Sabine schimpfte lautstark los: „Bist du von allen guten Geistern verlassen. Hier treibst du dich rum und ich such dich überall. Ich glaube es geht los. Ich muss mich den ganzen Tag um dein Kind kümmern und du sitzt seelenruhig in der Kneipe. Scher dich sofort nach Haus sonst vergess` ich mich." Den kleinlauten Michael vor sich her schubsend, schlug Sabine die Tür hinter sich zu.

Im Gastraum war es still geworden. Überrascht und verdattert, mit einer Spur von Fremd schämen, wusste niemand etwas zu sagen.

Felix allerdings, der eingemummelt in geliehenen Decken, Mützen und Schals der anderen Frauen auf einer Bank saß, damit ihm wieder warm wurde, und der dabei einen Keks nach dem anderen futterte, beschäftigten ganz andere Gedanken. Mit einem versonnenen Blick auf den Keks in seiner Hand fragte er: „Sag` mal Oma! Du hast mir doch heute die wahre Geschichte vom Nikolaus erzählt. Wie er seine Sachen mit den Armen teilt und so." Er kuschelte sich nochmal richtig in die Decken ein, bevor er fortfuhr: „Alle haben mir heute Sachen gegeben, damit mir warm wird. Und du hast mir Kekse gegeben, damit ich nicht verhungere. Also seid ihr doch alle Nikoläuse, oder?"

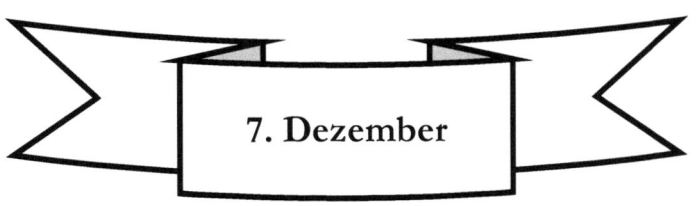

7. Dezember

Willi, Michael und der Bürgermeister saßen bereits in der Dorfkneipe und hatten ihr erstes Gedeck vor sich als Hartmut hereinkam. Er hinkte noch mehr als sonst und griff sich immer wieder mit schmerzverzerrtem Gesicht an den Oberschenkel. Man sah ihm an, dass er litt. Schnell nahm er auf dem nächstgelegenen Stuhl Platz.

„No Hartmut, di geiht dat hütte ober gor nich good", stellte der Bürgermeister mit besorgtem Gesicht fest.

„Ach jo", stimmte Hartmut stöhnend zu, wobei er sich ständig mit der Hand über den Oberschenkel rieb. „Dat is dat Wäer. Bi düssen Storm is et mit mien Bein kaum taun utholen!"

Der Bürgermeister sah ihn bedauernd an und fragte: „Dat kann man sick jo nich ankieken. Ober sech mol, seit wann hast du dat denn, düsse Schererien mit dien Bein?"

Hartmut antwortete: „Och dat is schon so seit ick as `n jungn Kerl twischn de Deichsel falln bin."

Willi kannte die Episode aus Hartmuts Leben schon und sagte nur: „Jo dat wasn schreckliche Geschichte domols."

„No jo." Hartmut schaukelte ein wenig von links nach rechts. „Wat den ein sin Ul`is den annern sin

Nachtigall. Mick här eigentlich nix bettert passieren
könnt."

Michael, der die Geschichte auch nicht kannte,
mischte sich ein: „Wat heit dat denn. Dat mit dien
Bein is doch schlimm. Wat schöll dobi denn gaut
wehn hebn?"

„Do mutt ick de Geschicht vun Anfang an vatelln."
Und Hartmut erzählte.

Es war in den sechziger Jahren. Hartmut war auf
einer Hofstelle, die seinen Eltern gehörte, als drittes
Kind aufgewachsen. Insgesamt hatte er zehn
Geschwister, von denen aber bereits zwei im frühen
Kindesalter an Tuberkulose verstorben waren. Die
Eltern hatten einen kleinen Stall mit ein paar Kühen,
Schweinen und Hühnern. Als Pächter hatten sie auf
den Feldern und im Stall immer viel zu tun also
mussten alle mit anfassen. Schulbildung war den
Eltern nicht so wichtig. Trotzdem hatten die Kinder
alle den Volksschulabschluss erreicht. Vater und
Mutter jedoch waren der Meinung, dass
Landwirtschaft wichtiger wäre, denn die hatte
bislang noch jeden ernährt. Viel zu früh waren die
Eltern kurz nacheinander verstorben. Die Kinder
waren damals gerade einmal im Alter zwischen
fünfzehn und zweiundzwanzig. Die Hofstelle erbte,
wie es in dieser Familie Tradition war, der Älteste.
Bis auf ein paar Möbel und den Eheringen der Eltern

gab es nichts. Das teilten sich die Kinder auf, bevor die Jüngeren alle den Hof verließen um sich auf anderen Höfen als Knechte und Mägde zu verdingen.

Trotz ihrer Jugend konnten alle kräftig zufassen, deshalb bekamen sie auch schnell Arbeit bei den umliegenden Bauern. Nur Hartmut musste bis nach Beedenbostel, um einen Arbeitgeber zu finden, der ihn für Lohn, Verpflegung und Unterkunft beschäftigen wollte. Leider war er bei seinem neuen Arbeitgeber an einen Erbsenzähler geraten. Das Essen, was man ihm vorsetzte, war so schmal bemessen, dass er nachts kaum in den Schlaf kam. Auch musste er im Stall bei den Kühen schlafen. Sein Bauer war so geizig, dass er sich keinen Traktor anschaffen wollte. Stattdessen wurden die Erntewagen von alten Pferden, die kaum noch laufen konnten, gezogen. Aber Hartmut verrichtete seine Arbeit pflichtbewusst, wie es seine Eltern ihm gelehrt hatten, immer in der Hoffnung auf bessere Zeiten. „Ännern kann ick et doch nich, also wat schall ick mick argan", sagte er immer, wenn ihn mal jemand darauf ansprach, dass es nicht menschlich sei was sein Arbeitgeber da mit ihm anstellte. Bis das Furchtbare geschah.

Eines Tages, es war sehr heiß, sollte er mit Pferd und Wagen auf das Feld fahren, um die Beregnungsrohre auszulegen. Akkurat hatte Hartmut dafür gesorgt, dass die sechs bis acht Meter langen Rohre ordentlich auf dem alten Karren gestapelt und befestigt waren. Dann ging es los. Der Feldweg, der zu dem Stück Land führte, war sehr holprig. Der letzte Regen hatte tiefe Löcher hinterlassen, die mittlerweile ausgetrocknet waren. Hartmut saß auf dem Kutschbock und sah immer wieder ängstlich auf die Rohre, aus Angst, dass sie ihm vor dem Ziel schon vom Wagen fallen würden. Plötzlich, als er gerade wieder zurück gesehen hatte, scheute aus unerfindlichen Gründen das Pferd und bremste abrupt. Hartmut konnte sich nicht halten, fiel kopfüber von seinem Platz direkt auf die Deichsel des Wagens und weiter auf den Boden. Er kam vor dem großen Wagenrad zum Liegen. Durch Hartmuts Schrei aufgeschreckt zog das Pferd wieder an und lief vorwärts. Noch bevor er sich zur Seite wegdrehen konnte, rollte das Rad über seine Beine.

Hartmut war vor Schmerzen ohnmächtig geworden. Er erwachte erst als man ihn auf eine Trage legte und in den Krankenwagen schob. Dann fuhr man ihn mit Martinshorn und Blaulicht ins nahegelegene St. Josef-Stift nach Celle. Hier flickten die Ärzte ihm seine beiden gebrochenen Beine wieder zusammen und er musste vierzehn Wochen dort bleiben, bevor er soweit geheilt war, dass er das Krankenhaus auf Krücken wieder verlassen konnte.

„Jo so was dat." Hartmut hielt inne. Man merkte ihm an, dass ihn die Gedanken an die alte Zeit ebenso schmerzten wie sein Bein. Dann aber trat ein Leuchten in seine Augen. „Und trotzdem was dat, dat beste wat mi här passiern könnt."

„Wie kannst sowat segn? Dat was doch schrecklich un du musst hütte noch drunner leidn." Michael war entsetzt.

„Hör mol tau", sagte Hartmut. „Do inne Klinik do hev ick mine Christa dräpn. Sei hat mick uppäppelt und wi sünd üsch gaut wähn bis tau den Dach as sei starven de. Drittich Joar sünd dat ween. Dat was sone goude Tied, dat ick dovun tern well bis ick uck unner de Ere kumm."

Die Männer hatten gespannt zugehört. Es dauerte, bis sich einer von ihnen räusperte und Willi sagte: „Moni, Gedeck für alle, bitte!"

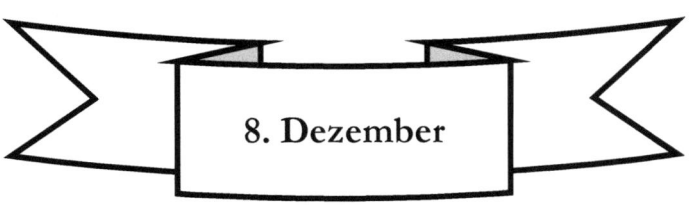

8. Dezember

Der Sturm war heftig in diesem Jahr. In den vergangenen Tagen war er so stark gewesen, dass er die Dächer einiger Häuser abdeckte. Die Straßen lagen voller Äste und niemand mochte auf die Straße gehen, aus Angst, dabei Schaden zu nehmen.

Helga hatte sich ein Herz gefasst und bei den neuen Nachbarn geklingelt. Sie wusste zwar nicht, was sie sagen wollte, aber sie war der Meinung, dass es Zeit war, sich kennenzulernen. >Matthiesen< stand auf dem Türschild. Wenigstens wusste sie jetzt schon mal wie sie hießen. Herr Matthiesen öffnete die Tür und schaute Helga verdutzt an.

„Guten Tag." Helga suchte nach Worten. „Also-also", stammelte sie. „Ich wollte mich mal vorstellen. Ich bin ihre Nachbarin zur rechten." Sie machte eine kleine Pause. „Wenn man davor steht, so wie ich jetzt meine ich. Aus ihrer Sicht bin ich die zur linken." Sie begann zu Stottern.

„Ja, ja", antwortete Herr Matthiesen schroff. Aus dem Inneren des Hauses war ein Geräusch zu hören, so als ob etwas zu Boden fiel. Helga schaute durch die Tür an ihm vorbei und versuchte den Grund dafür zu erkennen. Aber er versperrte ihr die Sicht. „Ich habe jetzt nur keine Zeit. Es tut mir leid. Vielleicht ein anderes Mal." Bevor Helga etwas entgegnen konnte, fiel die Tür ins Schloss.

Was war das denn, dachte sie bei sich. Wie unhöflich von diesem Herrn, sie einfach so abzufertigen. „Nun ja", sagte Helga zu sich selber. „Was soll´s. Dann eben nicht. Ich habe meine Pflicht und Schuldigkeit getan."

Als sie auf dem Weg zu ihrem Haus war, fuhr Luise mit dem Auto vor. „Hast du kurz Zeit", fragte sie. „Ich wollte gern etwas mit dir besprechen."

Helga bat Luise ins Haus und gemeinsam gingen sie in die Küche. „Möchtest du etwas trinken", fragte Helga.

„Gern einen Kaffee, wenn du hast."

Nachdem sie sich den Mantel ausgezogen hatte, nahm Luise auf einem der Stühle Platz. Sie begann auch sofort zu erzählen, weshalb sie gekommen war. „Es geht um den Plan. Erinnerst du dich, wir hatten doch bei unserem letzten Treffen davon gesprochen, dass Moni die Kneipe schließt.

Helga fiel wieder ein, dass sie auf ihrer Feier darüber geredet hatten und Elsa etwas gesagt hatte wie: Wir brauchen einen Plan! „Und, Luise, hast du einen?"

„Keinen fertigen, aber wie wäre es denn, wenn wir die Gaststätte übernehmen?"

Helga sah Luise an, als hätte sie den Verstand verloren. Dann schüttelte sie mit dem Kopf. „Du bist bekloppt. Wie soll das denn funktionieren?"

Luise war gekränkt über Helgas Beleidigung. „Dann eben nicht. Wieso greifst du mich gleich so an, ohne dir vorher anzuhören, wie ich mir das vorstelle?"

Helga ruderte zurück. Luise gleich so anzuranzen das war wirklich gemein von ihr gewesen. „Okay. Also: wie stellst du dir das denn vor?"

Luise begann: „So genau weiß ich das auch noch nicht. Aber Moni will doch die Gaststätte nicht weiterführen und die Räume sind da. So ein Gebäude in der Dorfmitte verkommen zu lassen wäre auch schade. Vielleicht kann man eine Gemeinschaft bilden, die sich um den Betrieb und Erhalt kümmert. So eine Art Gemeindehaus, in dem jeder feiern kann und wo sich abends die Männer treffen, so wie jetzt auch."

Helga musste zugeben, dass die Idee so schlecht nicht war. „Als erstes muss man mit Moni sprechen, ob sie nicht schon etwas anderes vorhat. Vielleicht will sie ja doch verkaufen."

Luise antwortete entnervt: „Will sie nicht- das hat sie doch gesagt. Hast du ihr nicht zugehört? Sie möchte dort gern wohnen bleiben und das könnte sie dann auch. Sie kann sich nur die Renovierung nicht leisten, hatte sie gesagt."

„Aber das können wir auch nicht. Oder glaubst du, dass jeder sein Erspartes dafür gibt." Helga sah das Scheitern der Aktion schon bei der Finanzierung.

„Das glaube ich nicht. Auch wenn ich glaube, dass es das Einfachste wäre, wenn jeder den Zehnten gäbe. Aber das klappt nicht einmal in der Kirche. Sogar dort treten die Mitglieder gern aus sobald es ums Geld geht. Vielleicht kann man ja irgendwelche Events machen, um Geld hereinzubekommen. So etwas wie einen Flohmarkt mit Kaffee und Kuchenverkauf zum Beispiel."

„Okay, Geld ist das eine Problem. Aber rechnest du wirklich damit, dass unsere Dorfgemeinschaft Interesse an einem derartigen Projekt hat?"

„Alle wahrscheinlich nicht, aber einige sind sicherlich dabei. Wenn ich allein an die Männer denke. Die hätten schließlich den größten Nutzen dabei." Luise schmunzelte.

„Wir können unsere ja mal dazu befragen", meinte Helga. „Aber ich bin mir fast sicher, dass sie uns nicht vor Freude an den Hals springen werden. Solche Ideen bedeuten immer Arbeit."

Luise seufzte: „Zu allererst muss Moni mal ihr Okay geben. Dann sehen wir weiter. Aber vielleicht sollten wir uns beeilen, sie zu fragen. Bald ist Weihnachten und ich habe noch einiges dafür vorzubereiten. Und am Jahresanfang ist schon Schluss bei ihr."

Helga erwiderte: „Heute ist es mir schon zu spät. Ich gehe morgen mal zu ihr rüber. Aber das Beste wäre, du kämst mit. Dann könnten wir ihr gemeinsam erklären, wie wir darüber denken."

Sie verabredeten sich für fünfzehn Uhr, in der Hoffnung, dass Moni dann noch Zeit für sie hätte, bevor die Männer kamen.

Als Luise nach Hause fuhr, begann es wieder zu schneien.

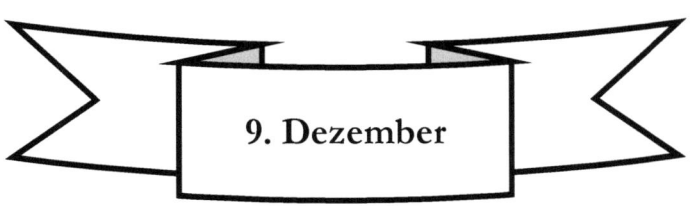

9. Dezember

Helga hatte am Morgen bereits mit Moni gesprochen. Moni war gerade dabei, den Tannenbaum wieder aufzurichten, den letzte Ausläufer des Sturmes vor zwei Tagen umgeworfen hatten. Helga half ihr, ihn aufzustellen und mit einem Seil an der Hauswand zu befestigen, damit er nicht noch einmal umfallen konnte. Bei dieser Gelegenheit kündigte sie ihr an, dass sie mit Luise am Nachmittag zu ihr kommen wollte, um etwas zu besprechen. Anschließend stapfte Helga über eine, mittlerweile festgefahrene, Schneedecke. Sie ging sehr vorsichtig. Aber selbst auf dieser kurzen Strecke drohte sie auf dem glatten Boden mehrfach auszurutschen.

Zu Hause angekommen, begann sie für Ihren Mann Werner das Essen vorzubereiten. Heute würde er eher nach Haus kommen. Als Landschaftsgärtner hatte er bei dem Wetter nicht allzu viel zu tun und konnte seine, im Sommer, angesammelten Überstunden abbauen.

Wie schön wäre es doch, wenn er im Sommer mal eher nach Haus kommen würde, dachte Helga. Dann könnten sie vielleicht auch mal, so wie andere, gemeinsam im Garten in der Sonne liegen. Den Traum vom gemeinsamen Urlaub weit fort vom alltäglichen Geschehen, den hatte Helga schon vor Jahren begraben. Wann Werner seinen Anspruch auf freie Zeit geltend machen konnte, das bestimmte sein Chef. Wenn er dann endlich seinen Urlaub antreten sollte, dann wurde mit ziemlicher Wahrscheinlichkeit ein Kollege krank und Werner musste für ihn einspringen. Beide hatten sich damit abgefunden, so wie Helga sich auch damit abfinden musste, die meiste Zeit allein zu Haus zu sein. Seit die Kinder ausgezogen waren, beschäftigte sie sich nur noch mit Putzen und Kochen. Ein wenig Schneidern tat sie noch. Sie hatte sich extra eine Nähmaschine gekauft. Die ersten Kissen waren auch schon genäht worden. Aber zu mehr hatte sie keine Lust gehabt. Manche Tage war es ihr langweilig. Sie ertappte sich selber dabei, dass sie stundenlang vor dem Fernseher saß und sich eine Sendung nach der anderen ansah. Vor ein paar Jahren hatte Helga noch versucht, Arbeit zu finden. Aber schon damals wurde ihr auf dem Arbeitsamt gesagt, sie hätte keine Berufserfahrung und außer Stellen als Reinigungskraft könne man ihr nichts anbieten. Putzen, und das noch bei fremden Menschen, das wollte Helga nun doch nicht. Das war ihr im eigenen Haus schon genug. Eine Zeitlang hatte sie im Hanslmarkt an der Kasse gearbeitet. Aber dort kam sie sich vor, wie der Mülleimer für alle Problemchen der Leute. Sie selbst durfte, so gab es die Geschäftsphilosophie vor, ihre Meinung nicht kundtun. Als Helga irgendwann vor die Wahl gestellt wurde, auf geringfügiger Basis zu arbeiten oder gekündigt zu werden, zog sie die Kündigung vor.

Wie jeden Tag erwartete sie Werners Eintreffen voller Ungeduld, in der Hoffnung, dass er ihr irgendetwas Neues berichten würde, dass ihr sonst so trostloses Leben aufhellen würde.

Als er dann hereinkam, sah sie sofort, dass etwas nicht in Ordnung war. Werner blickte ernst und sagte: „Jetzt ist er hin. Nichts mehr zu machen." Helga verstand erst als er hinzufügte: „Der Motor von unserem Auto ist Schrott. Wir brauchen einen neuen Wagen."

Helga seufzte: „Na toll, und das vor Weihnachten. Jedes Jahr das gleiche Theater. Irgendetwas geht immer kaputt."

Werner antwortete: „Nutzt nichts. Ich brauche ja ein Auto. Du kannst deine Wege ja mit dem Rad oder mit dem Bus erledigen, aber wie soll ich denn bitteschön zur Arbeit kommen?"

Helga sah auf den Schnee vor ihrem Fenster. *Einkäufe mit dem Rad oder dem Bus erledigen*, dachte sie. Werner stellte sich das alles immer so einfach vor. Ihr Blick fiel auf den gedeckten Tisch. Sie wollte später vom Bauern Hermann noch einen Sack Kartoffel holen. Das Beste wäre, sie würde die Schubkarre nehmen. *Fünfhundert Meter durch den Schnee und zurück*, dachte sie. Vielleicht würde Werner ja gehen.

Aber der hatte schon etwas anderes im Sinn. „Nach dem Essen frage ich Christian, ob er mir sein Auto leiht, damit ich ins Autohaus nach Celle fahren kann", sagte Werner. „Willst du mit?"

Helga sah ihn an. Natürlich wäre sie gern mitgekommen. Aber sie hatte sich für den Nachmittag bereits verabredet und das alles wieder umstoßen? Sie müsste Luise anrufen und absagen.

Nachdem Werner mit Hans die Nutzung des Autos geklärt hatte, rief Helga bei Luise an, um ihr gemeinsames Treffen bei Moni abzusagen. Luise war sehr empört darüber.

„Wieso glaubt eigentlich jeder, ich hätte immer Zeit und könnte kommen und gehen wie es ihm passt? Ich habe auch einen Termin abgesagt, weil ich schon mit dir verabredet war. Hätte ich das nur vorher gewusst. Darf ich dich daran erinnern, dass ihr eine Lösung wegen der Schließung der Dorfkneipe sucht. Mein Hannes geht da nicht hin. Mir könnte das alles egal sein. Ich wollte euch nur unterstützen. Dann seht eben selber zu, wie ihr da wieder rauskommt." Luise hatte ihrem Ärger Luft verschafft. Helga, die die ganze Zeit über geschwiegen hatte, weil ihr die Vorwürfe unangenehm waren, dachte kurz nach. Dann sagte sie: „Luise, du hast recht. Werner kauft sowieso das Auto, das ihm gefällt und nicht das, welches ich möchte. Wenn du noch willst, dann bleibt es bei unserem Treffen bei Moni."

Luise hatte sich inzwischen beruhigt. Trotzdem sie immer noch der Meinung war, dass sie Recht hatte, tat es ihr leid, wie sie mit Helga geredet hatte. Natürlich wollte sie immer noch gern an dem Treffen teilnehmen. Sie hatte viel zu viel Spaß dabei, etwas Neues zu planen, als dass sie sich diese Chance entgehen lassen wollte. Dieses Unternehmen war etwas, was ihrem Naturell entsprach: Mit vielen anderen gemeinsam ein Projekt ausarbeiten, durchführen und hoffentlich zum Erfolg führen!

Und trotzdem, dachte Luise, *wenn wir das Treffen verschieben, kann ich meinen anderen Termin wahrnehmen und Helga kann ihren Mann ausbremsen, wenn er Gefahr läuft, sich einen Millionärsschlitten zu kaufen.*

Also schlug sie ihr vor, das Treffen um zwei Tage zu verschieben.

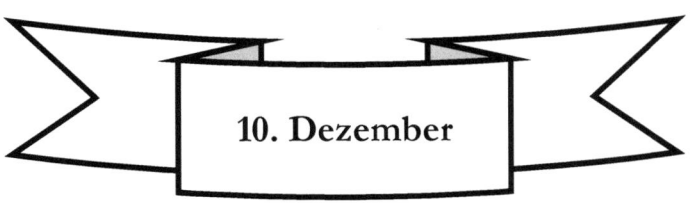

10. Dezember

Werner und Willi hatten ihr Plätze bei Moni eingenommen und waren mitten im Gespräch als Michael und der Bürgermeister dazukamen.

Werner erzählte gerade aufgeregt von seinem gestrigen Autokauf und seiner Entdeckung, die er dabei gemacht hatte. „Jü könnt dat nich glöwn. De schall nur fiefhunert Euros kostn." Die beiden Neuankömmlinge sahen ihn verständnislos an.

„Wat shall nur fiefhunert kosten?" Der Bürgermeister winkte Moni zu, und machte diese eine Geste, die ihr sagte, sie solle eine Runde an den Tisch bringen.

„Also nochmol. Ick häf dat Willi all vatellt." Werner versuchte seine Ungeduld im Zaum zu halten. „Mien Auto is Schrott. Gistern is hei liegn bliebn und do hat de Mester vunne Werstatt esecht, dat de Motor schlapp emockt hat. Denn bün ick no Celle feuert un häv mi n annern annekecken. As ick so durch de veelen Autos lopen bün, do sei ick von wien n Bus ston. Son grooten wi sei twischen Hohnebostel un Celle jümmers hin un her feuert um de Kinners no Schaul tau bringn. Und do is et mi wie Snie vun de ogen vulln. Dat is use Lösung."

„Vor wecket Problem is de Bus ne Lösung?" Michael kam nicht mit. Was wollte Werner mit einem Bus der fünfhundert Euro kosten sollte?

Werner platzte heraus: „No als Kneipe. Den könnt wi üsch herrichtn und denn könnt wi üsch obends do dräpen, wenn Moni hier afeschlotten hat."

Das einzige Geräusch, das zu hören war, kam aus der Küche, wo Moni offensichtlich mit Geschirr hantierte. Der Bürgermeister war der Erste, der seine Sprache wiedergefunden hatte: „Und wo shall de dann stohn? Hier vorn vor der Kneipe? Da was Moni sicher nich mit inverstonn."

Werner antwortete: „Nu, dat weit ick doch uk nich. Ober, ick glöv, dat is use minichste Problem. Tau Not stell ick öhn bi mi in Gordn."

Willi runzelte die Stirn: „Do bün ick mol gespannt, wat diene Helgo dotau secht, wenn sei n Bus in Gordn ston hat. Wer schall den denn eigentlich betolln?"

Alle Blicke fielen auf den Bürgermeister. Der winkte allerdings gleich ab. „Nich schon weder de Gemeinde, dat könnt jü jück afschminken. Dotau kriecht jü niemols de Tausoge vun de Gemeinderot. Ober auch wenn jü dat Geld for den Kop irgendwie privot finanziert, wie sütt dat dann mit de Unnerholung ut? Außerdem fallt sicherlich uck noch Umbaukosten an, denn so wie n Bus innericht ist, kann man den doch nich brucken. Do kricht man keinen runden Disch rin." Er strich mit den Händen über den Tisch, an dem sie saßen.

„Na ja", dachte Willi laut. „Man könnt den Bus jo inne Nähe vun Buer Hermann sine Biogasanlage stelln. Do kannste den Strom kriegn . So haste schon mol Licht un warm is et uck."

„Wenn hei domitte inverstandn is, meenst." Michael mischte jetzt auch mit. „Den Utbau kann ick mocken. De Sessel möt alle rut un denn mock ick ne Verkleidung ut Holt. Willi, du hast doch bestimmt genauch in diene Schuppens lign."

„De Sessel könnt wi jo vaköpn. So kricht wi Geld dotau."

„Wer will sick denn so ole Sessel henstellen?" Der Bürgermeister schüttelte wieder den Kopf.

„Dat könnt wi sein, wennt sowiet is. Wi schöt man mol n Wiehnachtsmarkt mocken. Wenn wi dat öffentlich mockt, dat wi de Sessel vaköpn wütt, denn komt uck Lüe un köpt."

„Wiehnachtsmärkte gift dat schon genauch. Wenn de Lüe hütte noch do hengohn daut, denn nur um tau eten und tau drinken. Köpen wutt de nix mehr."

„Na denn möt wi eben wat tau eten un tau drinken anbeen, dann komt de Lüe uk." Willi war

64

mittlerweile auch davon überzeugt, dass der Plan funktionieren könnte. Er fasste in seine Hosentasche holte sein Portemonnaie heraus und zählte fünfzig Euro auf den Tisch. Dann schob er sie in Werners Richtung und sagte: „Hier, dat is mien Beitrach for dat Unternehmen Kneipenbus."

Erstaunt sah Werner auf den Betrag. Als nächstes holte Michael seine Geldtasche heraus und legte einhundertfünfzig Euro dazu. Der Bürgermeister, der sich etwas überrumpelt fühlte, griff in seine Hemdtasche und zog ein mit einer Klammer zusammengehaltenes Bündel mit Geldscheinen heraus. Auch er zählte Geld dazu. „Hier tweihundert Euro! Jü seid alle Teugen. Wenn dat mit de Köp nix ward, kricht jeder sien Geld trügge."

„Dat ward wat", meinte Werner. „De restlichen hundert Euro übernehm ick." Er steckte das Geld in seine Tasche. Und grinste. „Vielleicht kann ick jo uk nochn bettn handln, dann is dat erste Bier uk schon betolt."

„Ober kein Wort doröwer tau de annern. Ick hef keine Lust, dat dat in Gemeinderat noch n Thema ward." Der Bürgermeister war zwar immer noch nicht überzeugt, aber er wollte auch kein Spielverderber sein.

„Gut. Un wat is mit use Wiehnachtsmarkt? Do möt wi doch Reklame vor moken." Michael war leicht ungehalten. Gern hätte er seiner Sabine mal wieder etwas erzählen dürfen. Schließlich fragte sie ihn jeden Abend, wenn er von Moni nach Haus kam, was es Neues gab. Jetzt gab es mal etwas und er durfte es nicht erzählen.

„Dat könnt wi doch. Wi bruckt doch nich vatelln, for wat wi dat Geld hebn mütt?" Willi freute sich wie ein kleines Kind. „Den Bus könnt wi bi mi inn Schuppen stelln. Miene Elso sech ick, dat de Fohrer öhn övern Winner unnerbringn mut. Dat de nich löpt, bruckt sei nich tau weten."

Bürgermeister Ginster hatte noch eine Idee: „Nur Nils müt wi inweihen. Hei kennt sick mit Werbung und Computer un so wier ut, de kann sick dann uck glicks dorum kümmern."

„Also abgemacht, dat Projekt Kneipenbus kann losgon." Michael drehte sich suchend nach Moni in Richtung Küche und rief: „Moni, noch`n Gedeck für alle."

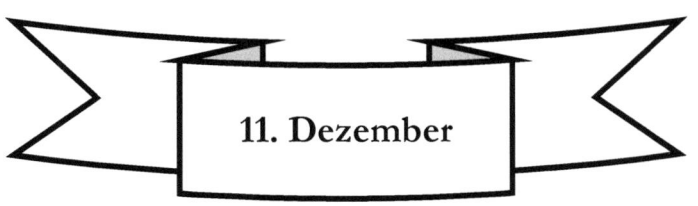

11. Dezember

Moni hatte das Lokal gerade geöffnet und wartete auf Helga und Luise. Als sie aus dem Fenster blickte, kamen beide gerade über die Straße. Es hatte wieder getaut und der Schneematsch an den Straßenseiten verfärbte sich in ein schmutziges Grau. Ein Hund lief auf der anderen Seite und hob gerade an einem der verbliebenen kleinen Schneehügel sein Bein. Moni lächelte. Sie dachte an den Spruch aus ihrer Kindheit: „Don`t eat yellow snow!"

Schade, dachte Moni und schwelgte in Erinnerungen, früher gab es viel mehr Schnee und er lag den ganzen Winter.

Als Kinder waren sie den ganzen Tag draußen gewesen. Gleich nach der Schule wurden Schneemänner und Iglus gebaut. Manchmal gab es so viel Schnee, dass man sich eine Höhle daraus bauen konnte. Wie die Eskimos! Dann träumte sie gemeinsam mit ihrer Freundin Suse, dass ein Prinz auf einem weißen Pferd geritten käme, der einen Schlitten hinter sich her zog und die beiden einlud, darauf mitzufahren. Glöckchen sollten an dem Schlitten befestigt sein, die beim Ritt über die Wiesen und Felder klingen würden. Suse und sie konnten sich nicht darauf einigen, wen der Prinz anschließend heiratete, und wer die Hofdame der anderen sein würde. Aber das war nicht wichtig. Wichtig war, dass sie beide zusammen bleiben würden.

Moni schüttelte sich und fand so zurück in die Gegenwart. Die Gedanken an diese unbeschwerten Kindheitstage machte sie traurig. Seit Jahren hatte sie nichts mehr von Suse gehört. Ein Streit hatte die beiden damals entzweit und Suse war in die Stadt gezogen ohne wieder etwas von sich hören zu lassen. Der Prinz, dachte Moni, hat sich auch lange Zeit gelassen, bei mir zu erscheinen.

Luise und Helga betraten die Gaststube. Moni nahm ihnen die Jacken und Schals ab, bevor sich alle gemeinsam an den runden Tisch setzten.

„Ich bin ja ganz gespannt", begann Moni das Gespräch. „Was führt euch zu mir?"

Helga druckste ein wenig herum, aber Luise packte den Stier bei den Hörnern und fragte Moni direkt: „Könntest du dir vorstellen, dass wir deine Räumlichkeiten hier nutzen, um eine Art Gemeindehaus zu betreiben?"

„Wie sollte das denn funktionieren? Willst du dich jeden Abend hinter die Theke stellen und Bier zapfen? Ich kann dir schon jetzt sagen, das allein wird`s nicht sein.", Moni antwortete kopfschüttelnd. „Ansonsten würde ich nicht schließen müssen."

„Das ist uns klar." Helga hatte schon jetzt den Faden verloren. Was wollten sie eigentlich nochmal genau?

Luise fing noch einmal von vorn an: „Also Moni, du willst doch hier wohnen bleiben, oder? Und wir möchten dieses alte Gebäude hier in der Mitte unseres Dorfes gern erhalten."

„Halt", unterbrach Moni Luise. „Wer hat denn gesagt, dass ich hier wohnen bleiben will? Ich habe nur gesagt, dass ich ungern verkaufen möchte, weil die Gaststätte mein Elternhaus ist."

Helga war erschrocken. Dass Moni wegziehen würde, das konnte sie sich überhaupt nicht vorstellen. „Aber wo willst du denn hin", fragte sie.

„Das weiß ich noch nicht. Aber das ich wegziehe wäre eine Option. Schließlich hält mich hier nichts." Moni schaute Helga an. „Ich wünschte mir manchmal, dass ihr früher den Weg genauso oft hierher gefunden hättet wie jetzt. Dann bräuchte ich vielleicht nicht zu schließen. Aber jetzt ist es beschlossene Sache. Und…", fügte sie nach einer kurzen Pause hinzu, „auch wenn du dir das nicht vorstellen kannst. Es gibt schließlich noch etwas anderes als Hohnebostel."

Peng, das saß! Helga schluckte schwer und Luise wusste nicht mehr, wohin sie noch sehen sollte, so peinlich war ihr die Situation. Moni war diejenige, die das Gespräch wieder aufnahm, indem sie nachfragte, was sie sich denn nun bezüglich der Kneipe vorgestellt hatten.

Luise und Helga schilderten ihr, die Beweggründe und die damit verbundene Absicht, einen Verein „Dorfgemeinschaft" zu gründen, dessen Aufgabe es wäre, sich um das Gebäude und den Betrieb zu kümmern. Das Inventar sei schließlich vorhanden und wenn man notwendige Reparaturen möglichst durch die eigenen Mitglieder erledigen würde, dann blieben nur die Materialkosten.

„Mmh", antwortete Moni, „und wenn ich dann doch verkaufen würde, dann hättet ihr mit Zitronen gehandelt, oder? Das geht doch gar nicht."

Luise erwiderte: „Aber Moni, du sagst doch, du willst gar nicht verkaufen. Und für den Fall, dass du es dir anders überlegst, müsstest du der Gemeinde ein Vorkaufsrecht einräumen. Das müssen wir allerdings auch noch mit Bürgermeister Ginster besprechen. Der weiß noch gar nichts von seinem Glück."

„Also, wenn das so ginge, dann hätte ich nichts dagegen. Dann bliebe allerdings immer noch die Frage wer sich um den Biereinkauf und so weiter kümmert. Die Gaststätte ist zum Ende des Jahres abgemeldet. Dann zahlen ich auch keine Gewerbesteuer und ähnliches mehr."

„Gut. Das klären wir." Luise war in ihrem Element. „Gesine soll sich um sowas kümmern. Als Frau vom Bürgermeister hat sie die notwendigen Kontakte zum Amt. Aber vielleicht können wir hier ja schon mal einen Flohmarkt veranstalten, damit etwas Geld reinkommt. Wenn du den Ausschank übernimmst, hättest du auch noch was davon." Helga nickte zustimmend.

„Wann denkt ihr, sollte der stattfinden? Ich habe noch die ein oder andere Weihnachtsfeier hier."

„Was haltet ihr vom Zwanzigsten?" Luise schaute die beiden an. „Dann hätten wir noch etwas Vorlauf, Hannas Freund Nils kann sich um die Werbung im Celler Blatt kümmern und wir suchen unsere Dachböden nach Dingen ab, die wir zu Geld machen können."

„Alles klar. Packen wir`s an, unser Projekt Dorfverein."

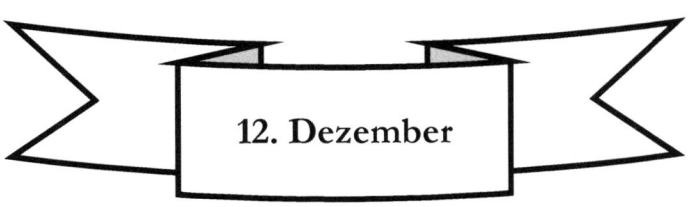

12. Dezember

Felix saß, das Kinn auf beide Hände gestützt, im Wohnzimmer von Oma Elsa und sah mit bitterbösem Blick aus dem Fenster. In der vergangenen Nacht hatte es wieder geschneit. Immer noch fielen dicke weiße Flocken vom Himmel auf eine bereits dichte Schneedecke. Felix schniefte. Seine Augen waren rot und angeschwollen. Er hatte sich am Nikolaustag eine dicke Erkältung zugezogen.

„Wieso eigentlich?" Er drehte sich zu Elsa um, die im Stuhl saß und Opas Socken stopfte.
„Wieso was?" Oma sah ihn fragend an.
„Wieso darf ich nie machen, was ich will?"
„Weil du noch ein kleiner Naseweiß bist."
„Ich will aber raus in den Schnee!"
Die letzten Worte von Felix konnte Oma kaum verstehen, weil Felix sie nur heiser und sehr krächzend rausbrachte.

„Der Schnee liegt noch länger. Und wenn nicht, dann schneit es sicher noch einmal wieder."

Elsa war genervt. Den ganzen Tag ging das nun schon so. Felix wollte einfach nicht einsehen, dass sein Husten sich noch verschlimmern würde, wenn er jetzt draußen herumtobte. Sie seufzte still vor sich hin. Sie war zu alt dafür, ständig auf den Jungen acht zu geben. Aber was sollte sie tun. Jaqueline hatte keinen Urlaub mehr bekommen so kurz vor Jahresende, und die Urlaubstage, die man für ein krankes Kind bekam, waren aufgebraucht. Alle anderen waren ebenfalls zur Arbeit also hatte sie Felix im Haus und das würde sich in den kommenden Tagen nicht ändern.

Was mach ich nur mit dem Jungen, dachte sie bei sich. *Den ganzen Tag vor den Fernseher setzen, das geht doch auch nicht.*

Elsa legte Socken und Stopfnadel an die Seite, dimmte das Licht und zog Felix eine Decke über, in die er sich einkuschelte. Sie erinnerte sich an den Tag, an dem Angela, Jaquelines Mutter, zu ihnen kam, um ihnen zu sagen, dass ihre Tochter schwanger sei.

„Mama", hatte Angela zu Elsa gesagt, „was soll ich nur mit ihr machen. Es ließ sich doch alles so gut an. Jaqueline ging auf das Gymnasium. Gut, sie gehörte nicht zu den Besten. Aber alles lief doch! Und dann, auf einmal, war plötzlich alles anders. Sie blieb nachts lange weg und kam morgens nicht aus dem

75

Bett. Als ich sie nach dem Grund fragte, schrie sie mich an, ihr wäre die Schule egal und sie wolle lieber arbeiten. Sie ging selber in das Sekretariat und meldete sich ab. Als wir den Anruf von der Schule erhielten, sind wir aus allen Wolken gefallen, aber Martin und ich dachten, wenn sie das so haben will, dann muss sie es tun. Mit ihr war ja auch nicht mehr zu reden. Also ließen wir das zu, in der Hoffnung, sie würde wieder Fuß fassen. Aber es wurde nicht besser, nein, es wurde alles noch schlimmer. Ihr Arbeitgeber hat sich ihre Unpünktlichkeit und Unzuverlässigkeit nicht lange bieten lassen und kündigte ihr. Und gestern eröffnete sie uns, sie könne sowieso nicht mehr arbeiten, weil sie schwanger sei."

„Was hast du dazu gesagt?" Elsa wusste, dass ihre konservative Tochter das nicht gutheißen würde.
„Was sollte ich sagen? Ich habe ihr gesagt, dass sie auch abtreiben könnte."
Elsa schluckte. „Aber Angela, das ist doch nicht dein Ernst. Da hättest du auch fragen können, ob sie Sülze zum Abendessen haben möchte. So kann man doch als Mutter nicht reagieren. Hast du sie nicht gefragt, wie sie sich das Leben mit einem Kind vorstellt?"

„Ach Mama, soweit sind wir doch gar nicht gekommen. Martin war sehr aufgebracht und hat Jaqueline gefragt, wer denn der Vater von dem Kind sei. Da hat sie nur gesagt, dass uns das gar nichts anginge und sie wüsste das auch nicht. Dann ist sie hinaus gerannt. Ich bin ja so verzweifelt. Das so etwas ausgerechnet uns passieren muss. Hier in unserem kleinen Dorf. Was nur die Leute sagen werden?"

Was die Dorfbewohner dazu zu sagen hatten, wurde ihnen dann auch ganz schnell klar. Es gab drei Parteien. Die einen kannten die Familie von Angela und Martin und mochten Jaqueline. Von ihnen erhielt sie jede Unterstützung, die sie benötigte. Man bot ihr ebenso gebrauchte Umstandskleidung wie Kinderwagen und Babywäsche an. Die zweite Partei war die der Gehässigen. Die, die niemandem etwas gönnte und immer ein Haar in der Suppe suchte. Sie redeten schlecht, dichteten Jaqueline mehrere Affären an und schauten später genau in den Kinderwagen, nur um zu rätseln, wem das Kind wohl ähnlich sähe. Den anderen, und das waren die Meisten der Dorfbewohner, war all das ziemlich egal. Sie hatten mit sich selber, den eigenen Kindern und der Arbeit genug zu tun und kümmerten sich nicht um Dinge die sie, wie sie meinten, nichts angehen würden.

Mit der Zeit stellte es sich heraus, dass Felix ein Glücksfall für die ganze Familie war. Seine Mutter Jaqueline hatte schnell gemerkt, dass ein Kind Geld kostete. Deshalb hatte sie eine Ausbildung absolviert und arbeitete seitdem, von den Mitarbeitern und dem Chef geschätzt, gewissenhaft in ihrem Betrieb. Von seinem ersten Lebenstag an waren Angela und Martin vernarrt in ihren Enkel und gern bereit, ihn zu beaufsichtigen, soweit es ihnen möglich war. Und Elsa und Willi waren nun stolze Urgroßeltern, die bei jedem Treffen mit Freunden erzählten, was der Kleine wieder angestellt oder welche Fortschritte er in seinem kleinen Leben gemacht hatte.
Auch Willi war nicht mehr ganz so brummig wie vor der Geburt von Felix.

Das Läuten des Telefons riss Elsa aus ihren Gedanken.

„Hallo Elsa, hier ist Luise", meldete sich eine gutgelaunte Stimme am anderen Ende der Leitung.
„Hast du Zeit und Lust, dich Übermorgen mit uns bei Moni zu treffen? Wir müssen etwas besprechen.

Es geht um den Erhalt der Dorfkneipe. Es wäre schön, wenn du kommen könntest. Aber bitte, sprich sonst mit niemanden darüber. Wir müssen noch das ein oder andere klären."

Elsa sagte zu. Hoffentlich ist der Bengel dann wieder soweit gesund, dass Jaqueline sich selber um ihn kümmern kann, dachte sie noch. In dem Moment hörte sie laute Stimmen, die von Draußen ins Haus schallten, und ein schrappendes Geräusch, als ob etwas über die gefrorene Schneedecke gezogen wird.

Elsa rannte zur Haustür. Sie blickte auf sechs schwitzende und keuchende Männer und erkannte Bürgermeister Ginster unter ihnen, die einen ca. fünfzig bis sechzig Personen fassenden Omnibus über den Hof in Richtung Scheune schoben.

Willi stand daneben und dirigierte sie indem er rief: „Weiter links, bisschen nach rechts." So lange bis der Bus in dem Schuppen angekommen war. Anschließend ging Willi zu Elsa und sagte: „De blifft hier ston bis dat hei affeholt ward." Willi drehte sich um und ging bevor Elsa etwas entgegnen konnte und Elsa ging zurück in die Stube, um nachzuschauen, was Felix in der Zwischenzeit wieder angestellt hatte.

13. Dezember

Bevor Sabine in den Mutterschafts- beziehungsweise Erziehungsurlaub ging, war sie Kindergärtnerin gewesen. Sie hatte sich schon während ihrer Grundschulzeit für diesen Beruf entschieden. Nicht weil sie, wie andere Frauen und Männer, gern mit Kinder zu tun hatten. Nein, der Grund dafür war, dass sie in ihrer Kindheit schmerzlich erfahren musste, dass zwar alle Kinder ihre Mutter lieben, umgekehrt das allerdings nicht immer der Fall ist.

Sabine hatte ihre, in ihren Augen schöne, stets gut gekleidete Mutter vergöttert. Wortgewand und mit einem gewissen Charme wusste ihre Mutter die Menschen für sich einzunehmen. Als Tochter aus sogenanntem guten Haus war sie viel und weit gereist. Die Kenntnis mehrerer Fremdsprachen waren ihr dabei sozusagen in die Wiege gelegt worden. Allerdings erkannten Erwachsene, dass hinter dem schönen Schein ein kaltes Herz lauerte, welches nur um sich selbst besorgt war und kein Platz für andere ließ.

Sabine war die meiste Zeit bei ihren Großeltern und in Internaten aufgewachsen, dabei hatte sie sich so sehr ein liebevolles Elternhaus gewünscht. Weil ihr das versagt blieb, erträumte sie es sich. Durch ihre

Sehnsucht nach Liebe und einem perfekten Heim beflügelt, hatte sie irgendwann beschlossen, Kindergärtnerin zu werden, mit dem Bestreben, dass die Kinder sie lieben würden.

Während ihrer Zeit als Erzieherin hatte sie sich die Zuneigung der Kinder damit erkauft, dass sie Ihnen Gefälligkeiten erwies. Zum Beispiel brachte sie ihnen ab und zu Schokolade mit, obwohl es verboten war. Oder sie legte sich zu den Kindern, wenn diese eigentlich schlafen sollten, um mit ihnen zu kuscheln. Eben diese Kleinigkeiten waren es, die die Kinder veranlassten, ihr freundlich zu begegnen.

Trotzdem ihr die Kinder sehr zugetan waren, hatte Sabine immer wieder eifersüchtig daneben gestanden, wenn Mütter ihre Kinder abholten und diese ihnen dann vor Freude um den Hals fielen. So begann sie, kleine Intrigen zu spinnen, indem sie den Kindern, die nicht pünktlich abgeholt wurden, erzählte, dass ihre Mutter sie vergessen hätte. „Aber ich", so hatte sie dann immer gesagt, „ich bin immer für dich da. Ich werde dich nie vergessen."

Alle Ermahnungen der Kindergartenleitung waren vergeblich und nachdem sich die Mütter mehrmals beschwert hatten, wurde Sabine gekündigt. Dieser Schrecken hatte sie zur Besinnung gebracht, und sie sah ein, dass dieser Weg nicht richtig war. Sabine hatte in einem anderen Kindergarten eine neue Chance erhalten, und diese genutzt. Aber das Gefühl, nicht geliebt zu werden, saß wie eine Wurzel tief verankert in ihrem Herzen. Eine Wurzel, die immer mal wieder Äste an die Oberfläche wachsen ließ. Diese Äste waren Auswüchse von Sehnsucht, Eifersucht und Neid. Die unter Kontrolle zu halten, fiel Sabine unsagbar schwer.

Mittlerweile hatte sie Michael kennengelernt. Er war gelernter Zimmermann. Als sie ihn ihrer Mutter vorstellte, rümpfte die die Nase und sagte so etwas wie: „Der ist unter deinem Niveau."

Später hatte Michael studiert und sich als Ingenieur qualifiziert, aber für Sabines Mutter war und blieb er ein Zimmermann, oder wie sie sich auszudrücken pflegte: ein Prolet.

„Aber er liebt mich", hatte Sabine erwidert.

„Liebe vergeht", hatte ihre Mutter gesagt und damit einen weiteren Stachel gesetzt.

Dennoch heiratete Sabine ihren Michael. Gemeinsam bekamen sie eine Tochter und nannten sie Mila.

Das Leben könnte so perfekt sein, dachte Sabine.

Nachdem sie Mila ins Bett gebracht hatte, saß sie noch lange daneben und sah ihr beim Schlafen zu. *Wenn es nur Moni nicht gäbe, diese Zicke! Was wollte sie von ihrem Mann? Und Michael? Was wollte er von ihr?*

Die beiden kannten sich schon ihr ganzes Leben. Michael hatte ihr versichert, dass nichts zwischen den beiden war. Früher nicht und heute auch nicht.

In zehn Tagen ist Weihnachten. Wir haben noch nicht einmal zusammen gesessen und uns darüber unterhalten, wie das in diesem Jahr ablaufen soll. Mila ist jetzt schon vier Jahre alt und könnte eigentlich schon mal länger aufbleiben. Wir könnten mit ihr am Nachmittag in die Kirche gehen, danach essen und dann erst die Bescherung machen. Die Geschenke für sie musste ich auch allein besorgen. Michael hat keine Lust, mit mir in die Stadt zu fahren. Das wäre ihm jetzt alles zu hektisch. Dabei wäre ich so gern mit ihm über den Weihnachtsmarkt gegangen und hätte den Duft von frisch gebackenen Waffeln und Glühwein eingeatmet. An einem der nächsten Tage ist ein Adventskonzert in der Kirche. Aber da wird er auch nicht mit mir hingehen. Das ist doch nichts für Männer wird er sagen. Da gehen doch nur Frauen hin. Und er wird Recht haben, weil dort wirklich wenig männliche Besucher sein werden. Ich hätte mich trotzdem gefreut, wenn er mir bei besinnlicher Musik mal wieder die Hand drücken würde oder mich in den Arm nähme. Das hat er schon lange nicht mehr getan. Stattdessen sitzt er fast jeden Abend bei Moni in der Kneipe. Wenn er dann nach Hause kommt, dann frage ich ihn, was es Neues gibt und er sagt nur: „Nichts." Ob er denkt, ich wäre blöd? Worüber unterhalten die sich da immer. Die schweigen sich doch nicht nur an. Vielleicht reden die ja über mich? Oder Michael sitzt vielleicht gar nicht dabei sondern macht mit Moni....Nein. Schluss!

Das war ihr doch zu viel Spekulation. Darüber wollte sie auch nicht nachdenken. Leise schlich sie aus Milas Zimmer.

In dem gleichen Moment ging die Haustür auf und Michael kam herein. Er zog seine Jacke und Schuhe an der Garderobe aus und ging ins Bad. Sabine roch das Gemisch aus Bier und Schnaps und folgte ihm, blieb aber im Türrahmen stehen und sah zu wie er sich wusch. „Was gibt`s Neues?" Sie wusste, dass die Frage überflüssig war. Es folgte eine kurze Pause. Da war doch was, dachte Sabine und hakte nach. „Ist was?"

„Nein", antwortete Michael nach einem schnellen Blick zu ihr mit kurzem Zögern. „Nichts, was soll sein. Gibt nichts Neues."

Sabine drehte sich um und ging. Es hatte keinen Zweck jetzt noch weiter nachzufragen. Aber irgendetwas war, das spürte sie. Verheimlichte er ihr doch etwas?

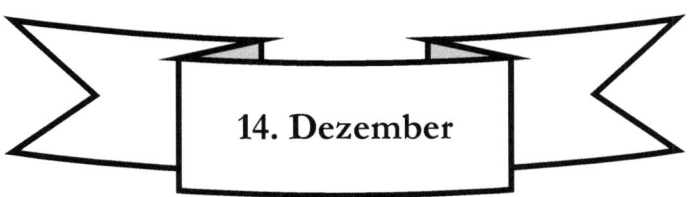

14. Dezember

Die Frauen der Gemeinde waren in großer Zahl bei Moni erschienen. Luise, Helga, Gisi und Elsa hatten nahezu jeder Dorfbewohnerin Bescheid gegeben, sich bei dem Treffen einzufinden, aber die meisten mussten arbeiten. Alle wussten nur, dass sie einen Flohmarkt veranstalten wollten. Luise und Helga hatten gerade den Grund für das Unternehmen bekannt gegeben. Deshalb herrschte großer Aufruhr. Alle plapperten durcheinander.

Luise bat die Anwesenden um Ruhe: „Vielleicht können wir uns darauf einigen", sagte sie nach eine Weile, „nicht gleichzeitig zu sprechen, sondern eine nach der anderen."

Sabine rief: „Aber das ist doch wohl ein Witz, oder? Wieso sollten wir hier die Kneipe weiterführen?"

Helga antwortete: „Aber das haben wir doch schon erklärt. Es geht darum, dass dieses alte Gebäude nicht in sich zusammenfällt. Wie sähe das aus – hier mitten im Dorf? Moni allein, kann es nicht instand halten. Und wir alle könnten Räumlichkeiten wie diese gut gebrauchen. Also wäre es eine Winwin – Situation."

Sabine rief: „Na, Winwin? Das sehe ich aber anders, die einzige, die dabei Gewinn macht, ist doch wohl Moni. Uns kostet es erstmal nur Geld und die Zeit, die unsere Männer hier leisten sollen, um alles in Schuss zu halten."

Jetzt mischte Gesine sich ein. „Also ich habe das mal geklärt. Moni wäre bereit, der Gemeinde ein Vorkaufsrecht einzuräumen. Falls sie also verkaufen wollte, dann würde als erstes die Gemeinde gefragt werden ob sie als Käufer in Betracht kommt."

„Ach", sagte Sabine verächtlich. „Dann soll die Gemeinde also noch viel Geld bezahlen für Leistungen, die die Gemeinde bereits erbracht hat? Das ist doch nicht euer Ernst!"

„Na ja", jetzt versuchte Gisi einzulenken. „Wenn ich das richtig verstanden habe, dann will Moni nicht verkaufen. Also wäre das nur eine letzte Option. Ich finde jedenfalls auch, dass wir uns eine Ruine inmitten von Hohnebostel nicht leisten können. Die Variante mit der Umwandlung in ein Gemeindehaus fände ich toll."

Die meisten der anwesenden Frauen hatten während Gisis Rede bereits ihre Zustimmung signalisiert.

Luise ergriff wieder das Wort: „Es ist uns klar, dass hier noch einiges Rechtliches geklärt werden muss, bevor wir uns mit Moni letztlich einigen können. Aber grundsätzlich sind wir doch dafür, dass wir einen Verein gründen, der es sich zur Aufgabe macht, solche oder ähnliche Projekte zu unterstützen. Oder? Wollen wir jetzt abstimmen?“

Abermals war es Sabine, die sich dazu meldete: „Aber wozu haben wir denn einen Gemeinderat? Soll der sich doch darum kümmern. Dazu brauchen wir doch keinen Verein.“

Wieder nickten einige der Damen. Plötzlich stand Elsa auf und sagte: „Mädels, wenn wir den Gemeinderat bitten, sich darum zu kümmern, dann ist Monis Kneipe lange schon Geschichte, bis die sich der Sache annehmen. Es tut mir leid, Gesine, auch wenn dein Mann der Bürgermeister ist, aber die schnellsten sind die vom Rat nicht. Das hier ist eine Sache, die unbürokratisch und unpolitisch erledigt werden muss, sonst gerät es in Vergessenheit.“

Gesine nickte Elsa freundlich zu, wusste sie doch nur zu gut wie langsam die Mühlen des Gemeinderates mahlen.

„Also stimmen wir ab?" Wieder blickte Luise in die Runde. „Erstens: wer ist dafür, dass wir einen Dorfverein gründen?" Die Hände flogen nach oben. Es war unschwer zu erkennen, dass es die meisten waren, die sich dafür aussprachen.

„Gut. Der Dorfverein unter den Namen „Dorfverein" ist hiermit gegründet", fasste Helga lachend zusammen. Luise bestätigte es ihr.

„Zweitens: wer ist dafür, dass wir uns darum kümmern Monis Kneipe in ein Gemeindehaus umzuwandeln?"

Wieder schossen die Hände nach oben. Nur Sabine verschränkte demonstrativ mit mürrischem Blick die Arme vor ihrer Brust.

„Also ist auch dies beschlossen. Vielleicht sollten wir", sagte Luise mit Blick auf Helga, „gleich noch für den Flohmarkt Werbung machen?" Helga stimmte ihr zu und übernahm das Wort: „Unabhängig davon, zu welchem Ergebnis wir heute kommen würden, haben Luise und ich in Rücksprache mit Moni beschlossen, hier in den Räumen einen Flohmarkt zu veranstalten. Wir wollen unsere Dachböden mal entrümpeln. Jetzt wo wir aber einen Dorfverein haben, wollen wir diesen Markt gern veranstalten um den Verein zu unterstützen. Der Erlös soll gleich in seinen Topf fließen."

„Gute Idee", sagte Hanna und Elsa meinte: „Ich habe so viele Sachen unter unserem Dach, da wäre ein Flohmarkt nicht genug."

Die anderen Frauen waren ganz Elsas Meinung. Jede für sich hatte sofort Dinge vor Augen, die sie dort veräußern wollte. „Wann soll der stattfinden", fragte eine der Anwesenden.

„Am zwanzigsten Dezember."

„Dieses Jahr?" Sabine beteiligte sich auch wieder an dem Gespräch.

„Wir wissen, dass das sehr kurzfristig ist. Aber wenn alle mit anfassen, dann klappt das schon. Hannas Freund Nils kümmert sich um die Werbung im Celler Blatt."

„Aber wieso machen wir dann nicht gleich einen Weihnachtsmarkt daraus? Also ich könnte Waffeln backen." Sabine hatte Feuer gefangen. Endlich war mal was los hier.

Helga und Luise sahen sich an. Warum waren sie nicht selber darauf gekommen? Essen und Trinken ausgeben, das lockte immer Besucher an.

Jetzt mischte auch Moni mit: „Ich könnte an dem Tag günstig Bratwurst und Pommes Frites und kalte Getränke anbieten. Das wäre dann mein Beitrag. Kaffee könnt ihr natürlich auch gern in meiner Küche kochen und das Geschirr stelle ich auch bereit, wenn jemand hilft."

„Glühwein müssten wir dann aber auch haben." Gesine schmunzelte. „Da soll der Bürgermeister sich drum kümmern. Ich sag` ihm das. Hab` da einen ganz guten Draht."

Den Rest des Nachmittags schnatterte eine fröhliche Gruppe Frauen ausgelassen durcheinander, in großer Erwartung eines Ereignisses, das erstmalig in ihrem kleinen Dörfchen stattfinden sollte und Helga und Luise lehnten sich erschöpft zurück, wissend, dass sie an diesem Nachmittag den ersten Schritt des Dorfvereins für ein Erfolg versprechendes Projekt getan hatten.

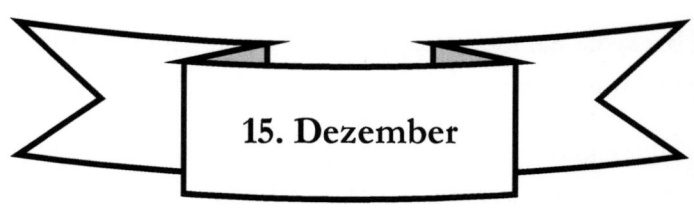

15. Dezember

Das Wetter hatte sich etwas beruhigt. Dem Schneetreiben der letzten Nacht war ein freundlicher kühler Tag gefolgt, der aber schon früh sein Ende fand. Dass die Tage kürzer wurden, war auch ein Grund dafür, dass die Männer sich früher als sonst in der Dorfkneipe eingefunden hatten. Willi blickte mürrisch drein als er sagte: „Nu staht de Bus all drei Doge bi mick in Schuppen und kein ein kummt un fängt an tau arbein. So här ick mick dat nich edacht."

Michael fühlte sich angegriffen und antwortete: „Ick häf mi dat all anneseihn. Als erstes möt de Schrubn vun de Sitze löst wern. Ick häf dat uk all versocht, ober de ersten sind so visse, do bruck ick ne Flex dotau un de häf ich nich."

„Denn musst du mol frogn. Vielleicht hat jo eina vun üsch so ne Maschine. Ober dat kann de Herr Ingenieur wull nich, dotau is hei sick wull tau schoe." Hartmut schickte einen verächtlichen Blick zu Michael. Der wiederrum war tief getroffen, wusste er doch, dass die anderen ihn immer wieder aufzogen, weil er studiert hatte. Deshalb reagierte er schnippisch: „Häf ick noch keine Tied vore hat. Ick mut schließlich noch orbein." Damit spielte er darauf an, dass die meisten der anderen entweder

Rentner waren oder bereits den Weihnachtsurlaub genießen konnten.

„Ach, do här doch n annere in de tied all wat daun könnt?" Willi reagierte ungehalten. „Dat dat mol klor is. Ick well nich dat de Bus bi üsch ewig bliebn schall. Nich, dat jü meint, dat de do Wörteln träcken dreft."

Die Diskussion wurde durch Moni, die die nächste Rund brachte, unterbrochen. Bürgermeister Ginster sprach sie an: „Sag mal Moni, ist das so, dass sich unsere Frauen hier in der vergangenen Zeit öfter getroffen haben? Gesine hat mir erzählt, dass sie einen Verein gegründet haben."

„Ja, ist das nicht toll?" Gesine schaute glücklich in die Runde. „Einen Dorfverein! Sie wollen hier einen Weihnachtsmarkt veranstalten. Erst sollte es ja nur ein Flohmarkt werden. Aber ein Weihnachtsmarkt bietet sich jetzt doch an."

„Un wann schall de wehn? Bis no Wiehnachten is jo nich mehr lange." Christian schüttelte den Kopf. „Sowat, dat mut doch plont wern. Dat kann man doch nich so einfach övern Tuun brecken. Wat sick de Frunslüd dobi wull wär edacht höt?"

„Gedacht höt sei sick dobi sicher nix, süss hät se üsch mol frogt, wi sei dat mocken schöt. Wenigstens höt sei wat segn könnt." Willi war gekränkt darüber, dass Elsa ihm nichts erzählt hatte. „No, denn wüt wi mol seihen, wi de ohne üsch taurecht kohmt."

„Oh, ich glaube ganz gut." Moni konterte die Anspielungen der Männer. „Erstens haben sie einen guten Plan. Zweitens sind sich alle einig, dass sie für das Dorfleben etwas bewirken wollen, und drittens sind es viele Frauen, die sich daran beteiligen. Außerdem hat doch niemand gesagt, dass Männer nicht dazu gehören sollen. Der Nils Ludewig zum Beispiel kümmert sich um die Werbung. Der Markt soll dann am zwanzigsten stattfinden."

Sie wollte schon gehen, als der Bürgermeister sagte: „Das du davon angetan bist, kann ich mir denken. Soweit ich gehört habe, hat sich der Verein als erstes Ziel gesteckt, deine Kneipe zu renovieren." Die anwesenden Männer blickten ihn erstaunt an. Davon hatten sie noch nichts gehört.

„Stimmt!" Moni drehte sich. „Mein Haus wird das erste sein. Aber wenn das funktioniert, dann muss es ja nicht das letzte sein. Es ist doch toll, dass es

Menschen gibt, denen es etwas ausmacht, wie ein Dorf nach außen wirkt und die ihren Teil dazu beitragen, es schöner zu machen, ohne nach dem Staat oder in diesem Fall der Gemeinde zu rufen."

„Moni hat Recht." Werner sprach leise und auf hochdeutsch, so als wolle er seinen Worten Nachdruck verleihen. Nachdenklich fügte er hinzu: „Vielleicht könnten wir uns dabei einklinken."

„Wie meinst du das?" Christian sah ihn neugierig an.

„Wir könnten doch die Gelegenheit nutzen und während des Weihnachtsmarktes die Sitze aus dem Bus verkaufen oder, noch besser, versteigern."

„Du meinst, wenn de denn utebuet sünd. Dat glöw ick nämlich noch gor nich", warf Willi mit einem verächtlichen Blick auf Michael ein.

„Wenn ick erstmol ne Flex häf, dann geiht dat ganz hille." Michael wollte das nicht auf sich sitzen lassen. „Wer hat de", fragte er.

Alle zuckten nur mit den Schultern und niemand antwortete.

„Ober wesst du, ick froch mol usen nien nober. Mattsen oder wi de heit. De hat doch grode sien Hus saniert un dobi was dat oft so lut, dat bi üsch de Tassen utn Schrank fulln sünd. Dat kann sowat ewehn sin." Werner war begeistert von seiner Idee. „Wenn hei eine hat, dann kann ick glicks morjen de Sessel utbuen. Ick häf Tied."

Christian schmunzelte. „Ick vatell dat Gisi. Mol seihen ob de Verein use Versteigerung an düssen Dach taustimmen dat. Wenn, dann kann Nils dat glicks mit inne Werbung packen."

„Und wenn nich?" Hartmut traute dem Frieden nicht. „Schließlich geiht üsch dat jo um usen Bus und nich um de Kneipe."

„Dat lot man up üsch taukommen. Nu will ick no Hus un mit Helgo snackn. Ick denk, wi seiht üsch morjen." Werner stand auf nahm seinen Deckel, auf den Moni seine Bestellungen notiert hatte, verabschiedete sich noch einmal und ging. Die anderen taten es ihm gleich.

So früh waren sie noch niemals gegangen, dachte Moni und griente.

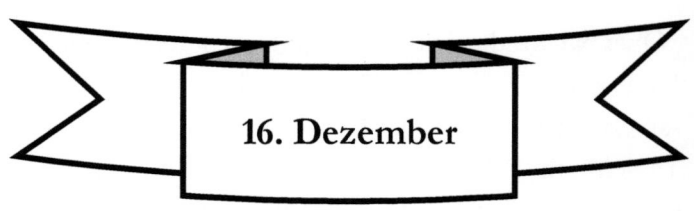

16. Dezember

Mit mehreren Dosen selbstgebackener Kekse bewaffnet, waren Helga und Werner unterwegs ins Altenheim.

Sie wollten Hugo, Werners Onkel besuchen, der seit einigen Monaten dort wohnte. Das kleine Seniorenheim in Langlingen beherbergte Männer und Frauen, die noch gut zu Fuß waren. Nur mit den alltäglichen Dingen des Lebens, wie Kochen Putzen und Waschen waren sie überfordert. Das Heim bot ihnen all das und noch einiges mehr. Herzenswärme und Mitgefühl waren für die Heimleitung zwei der Einstellungsvoraussetzungen für das Personal.

Helga hatte sich angekündigt und so fanden sie eine kleine Gesellschaft vor, die sich um den festlich gedeckten Tisch versammelt hatte. Onkel Hugo saß inmitten von vier Frauen, die freudig die Besucher empfingen. Frau Erd, die Hausdame, brachte gerade den Kaffee herein, begrüßte die beiden und nahm Werner die Dosen mit Gebäck ab. „So viele", sagte Frau Erd zu Helga und bat sie, ihr mit den restlichen Dosen, in die Küche zu folgen. „Das reicht ja bis Silvester."

„Das war Zweck des Unternehmens." Helga zwinkerte ihr zu. „Ich war nun mal dabei, zu backen. Irgendwie wurden es immer mehr Bleche."

„Nun, wir werden sie hier schon verwerten. Vielen Dank dafür. Setzen sie sich doch mit an den Tisch. Ich bringe noch eine Tasse. Schön, dass ihr Mann auch Zeit gefunden hat, mitzukommen", fügte Frau Erd hinzu. „Männliche Besucher gibt es hier selten. Dabei haben die Bewohner großes Interesse daran, sich auch mal mit einem Mann zu unterhalten. Es sind nun einmal andere Themen, die man dann bespricht."

Zurück am Kaffeetisch wurde Helga Zeuge des Gespräches, welches Werner mit Onkel Hugo führte. Augenscheinlich ging es um die Schließung der Kneipe. Typisch, dachte Helga, als wenn es nichts Wichtigeres gäbe als wie sie in Zukunft ihre Abende verbringen. „Jetzt haben wir einen Bus gekauft, der uns als Ersatz dienen soll, wenn Moni dicht macht", hörte sie ihn sagen. Helga stutzte. Davon hatte er ihr nichts erzählt. Onkel Hugo lachte laut auf und schlug sich mit der Hand auf die Oberschenkel. „Das ist ja mal eine gute Idee. Die hätte von mir sein können."

„Einiges an Arbeit werden wir da noch reinstecken müssen, aber das klappt schon. Sogar der Bürgermeister macht mit."

„Das wird sicher teuer werden. Was sagen denn eure Frauen dazu, wenn ihr so viel Zeit dabei zubringt?" Hugo blickte auf Helga. Doch die zuckte nur mit den Schultern. „Wenn sie meinen, dass sie das brauchen, sollen sie das so machen. Wir Frauen haben ein eigenes Projekt in der Planung. Wir haben einen Dorfverein gegründet."

„Wozu braucht ein kleines Dorf wie Hohnebostel einen Dorfverein, Helga?"

„Wir wollen uns darum kümmern, dass alte Häuser nicht zusammenfallen, wenn die Eigentümer nicht in der Lage sind, sich selber darum zu kümmern. Wir bieten dann unsere Unterstützung an. Und unser erstes Projekt ist die alte Dorfkneipe."

„Das klingt ja gut, aber lauft ihr dabei nicht Gefahr, dass jetzt jeder sein Haus auf eure Kosten renoviert?"

„Man wird sehen. Einige Leistungen sollen die Eigentümer schon selber erbringen. Entweder es sind die Materialkosten oder es ist die Mithilfe der Bewohner in Form von Muskelkraft oder Übernahme der bürokratischen Angelegenheiten. Irgendwas kann doch jeder." Helga war sehr zuversichtlich, aber Onkel Hugo reagierte skeptisch. „Meistens haben die Menschen keine Lust mehr, sobald ihre eigenen Bedürfnisse gedeckt sind."

Seine Worte ließen Helga an ihrem Unternehmen zweifeln, denn sie wusste, dass er Recht hatte. „Hoffen wir mal, dass unsere Dorfbewohner das anders sehen", seufzte Helga. „Aber ein Anfang ist erstmal gemacht."

Danach wechselten sie das Thema und unterhielten sich über anderes.

Eine Dame, die bei ihnen am Tisch saß, war neu in der Runde. Sie hieß Frau Cammann. Sie erzählte, dass ihre Kinder sie vor vier Wochen in das Heim gebracht hatten. Beim Abschied hätten sie fürchterlich geweint, aber trotzdem wäre seitdem niemand mehr gekommen, um sie zu besuchen.

„Frau Cammann", schaltete sich Frau Erd ein. „Ich habe ihnen doch schon mehrfach erklärt, dass wir in der Eingewöhnungsphase hier keine Besuche erlauben."

„Aber die vier Wochen sind heute rum", jammerte Frau Cammann weiter.

„Warum haben die denn geweint?" Hugo hakte nach und betonte sein Unverständnis.

„Ich glaube, es war ihnen unangenehm, mich in einem Heim zu Wissen, obwohl sie ein großes Haus haben. Aber alle sind den ganzen Tag arbeiten und ich bin so vergesslich geworden, dass ich schon zweimal den Herd angelassen habe. Danach habe ich mich nicht getraut, ihn überhaupt noch anzuschalten und habe nur noch Brot und Schokolade gegessen." Frau Cammann schmunzelte. „Hat aber gut geschmeckt."

„Dann versteh ich das Gejaule noch weniger", Onkel Hugo fand das Gejammer unnötig und das ließ er die anderen wissen. „Es war doch nur ein Umzug in ein Haus, indem es Ihnen jetzt besser geht. Hier wird für sie jeden Tag gekocht und meistens schmeckt es auch noch. Sie haben jeden Tag Menschen um sich herum, mit denen sie sich unterhalten können, wenn sie wollen. Wenn nicht,

105

dann gehen Sie einfach in ihr Zimmer und machen die Tür hinter sich zu. Also, das einzige, was mir hier fehlt ist Urlaub. Den habe ich jetzt jeden Tag und kann mich nicht mehr darauf freuen." Alle lachten. Onkel Hugo lehnte sich zurück und sagte zu Helga und Werner: „Ihr habt euch viel vorgenommen. Du Werner, mit dem Bus und du Helga mit dem Dorfverein. Das verdient Hochachtung. Selbst wenn eure Projekte scheitern, dann habt ihr es wenigstens versucht. Das Einzige, das ich nach meinem langen Leben bereue, das sind die Dinge, die ich gern getan hätte aber nicht getan habe."

In dem Moment wurden sie von ein paar weiteren Besuchern unterbrochen, die den Raum betraten. Frau Cammann strahlte über ihr ganzes Gesicht als sie ihre Kinder erkannte.

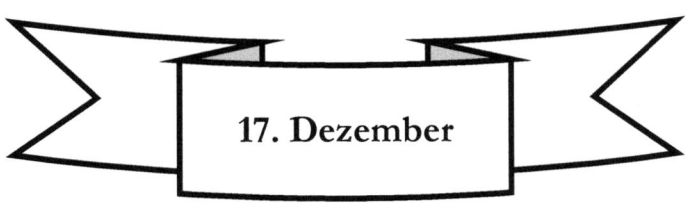

17. Dezember

Der alte Dachboden über der Scheune war schon sehr in die Jahre gekommen. Die Balken waren morsch und die Dachpfannen waren, wie auch die Fensterscheiben, stellenweise zerbrochen.

Dinge, die man loswerden wollte, waren die Holzleiter hinaufgewuchtet und dann einfach abgestellt worden. Das, was sich schon dort oben befand, wurde einfach mit Hilfe der neuen Kisten weiter nach hinten geschoben.

Seit Jahren war hier niemand mehr gewesen. Gisi blickte von unten durch die Luke und holte tief Luft, bevor sie die Stiege hinaufkletterte. Wieso konnte man sich eigentlich nicht gleich von den Sachen trennen, bevor man sie hierher brachte. Niemand wusste noch was dort lagerte. Keiner von ihnen wäre jemals auf die Idee gekommen, dort oben nach, egal was zu suchen. Vorher würde man es neu kaufen, dachte sie. Sei es drum. Jetzt war es an der Zeit, die Dinge mal näher in Augenschein zu nehmen, in der Hoffnung, dass sich etwas finden würde, was sich auf dem Weihnachtsflohmarkt verkaufen ließ.

Die erste Kiste, die Gisi öffnete, enthielt kleine Spielzeugautos. Das war doch schon mal etwas.

Aber da musste noch mehr sein. Ein dazugehöriges Parkhaus und eine Eisenbahn fanden sich noch. Das alles wollte Gisi mit auf den Markt nehmen. Vielleicht würde sich jemand dafür interessieren, auch wenn die Kinder heutzutage scheinbar nur noch an technischen Spielen interessiert zu sein schienen.

Plötzlich fiel Gisis Blick auf ein Gerät, das ganz hinten in der Ecke stand. *Technik*, dachte sie lächelnd und stieg mit langen Schritten vorsichtig über die Kartons, ständig darauf bedacht, nicht mit ihren Haaren in den Spinnweben hängen zu bleiben. Papas Diaprojektor! So etwas gibt es heute gar nicht mehr, dachte Gisi bei sich. Und daneben stand auch die Kiste mit den Fotos. Gisi schaffte alles vom Dachboden. Nachdem sie das Dia-Gerät gesäubert hatte, begutachtete sie es von allen Seiten. Ob es wohl noch funktionierte? Eine Gebrauchsanweisung war nirgends zu finden. Ein Stromkabel war dabei. Gisi zögerte nicht lange und steckte den Stecker in die Steckdose. Danach holte sie eine der Kisten mit den Bildträgern hervor und steckte ein Dia in die dafür vorgesehene Halterung. Nun schaltete sie den Projektor an. Er begann zu Surren, so als ob er laufen würde. Normalerweise müsste jetzt ein Licht durch das Objektiv strahlen, das das Bild an die Wand warf. Aber es tat sich nichts. Gisi war hartnäckig. Sie tüftelte lange an dem Gerät herum. Nach einiger Zeit kam sie zu dem Schluss, dass das Leuchtmittel defekt sein musste. Sie drehte die kleine Glühbirne aus der Fassung, hielt sie ans Ohr und schüttelte. Es klang als ob, der Draht lose wäre. „Da muss ich doch mal in Christians Kramkiste nachsehen, ob sich dort noch so eine Lampe findet", sagte sie zu sich selber.

Sie ging in sein Büro und nahm die Kiste aus dem Regal. Tatsächlich hatte Christian mehrere Glühbirnen aufgehoben. *Vermutlich*, dachte Gisi, *hat er Angst, dass wir, nur weil Glühbirnen mittlerweile abgeschafft worden waren, alle Geräte neu kaufen müssen, wenn ein Licht defekt ist.*

Sie durchsuchte die Kiste nach einer entsprechend kleinen Lampe, als sie plötzlich auf dem Boden des Kartons ein schmutzig weißes Stück Papier entdeckte. Es sah aus wie ein Briefumschlag ohne Beschriftung. Sie nahm ihn heraus und betrachtete ihn eingehend. Die Handschrift kam ihr bekannt vor. Der Umschlag war offen und Gisi nahm den Zettel, der darin steckte, in die Hand. Darauf stand:

Willst du mit mir gehen? Bitte kreuze an: Ja, nein, vielleicht. Das „Ja" war angekreuzt.

Gisi runzelte die Stirn dann lachte sie laut auf. Sie erinnerte sich. Das war der erste Briefwechsel, den sie mit Christian geführt hatte. Sie besuchten damals zeitgleich die Wirtschaftsschule in Celle. Christian, der in Hohnebostel lebte, war in die Oberstufe des Gymnasiums gegangen während Gisi, die in der Stadt aufgewachsen war, sich in der Ausbildung zur Notariats- und Rechtsanwalts-gehilfin befand und aus diesem Grund in derselben Schule den Berufsschulunterricht besuchte. Gisi setzte sich auf einen Hocker und versank in Erinnerungen an die Zeit bevor sie nach Hohnebostel kam.

Gisi und Christian hatten sich durch gemeinsame Freunde auf dem Schulhof kennengelernt. Obwohl sie sich mehrmals getrennt hatten, fanden sie doch immer wieder zusammen und zogen schließlich in eine gemeinsame Mietwohnung in Celle. Aus der Stadt weg um nach Hohnebostel zu ziehen, das kam für Gisi damals nicht infrage. Im Gegenteil es war für sie eine Horrorvorstellung in einem Dorf zu leben, in dem jeder den anderen kennt und sich überall einmischt. Da reichten ihr schon die Besuche

111

ihrer Schwiegermutter Doris, die ständig sagte, ihr Sohn wäre ja so dünn geworden und ihr vorwarf, sie würde nicht gut genug für ihn sorgen. Das Gisi selber arbeiten ging und das Christian und Gisi sich aus diesem Grund die Hausarbeit und somit auch das Essenkochen teilen würden, das ignorierte sie geflissentlich. Jedes Mal wenn Doris zu Besuch kam, wanderten ihre Finger kontrollierend über die Bilderrahmen und in die Blumentöpfe. Gisi war versucht, ihr einen Putzlappen in die Hand zu drücken, aber Christian zu Liebe schluckte sie die stillen Vorwürfe und blieb freundlich zu seiner Mutter. Sie wusste ja, dass deren Besuchszeit begrenzt war.

Nach seiner Ausbildung wurde Christian eingezogen, und um die wenige gemeinsame Zeit genießen zu können, erzählten sie Doris nicht, wenn er auf Urlaub zu Hause war. Doch dann kam der Tag, der Gisis Leben auf den Kopf stellen sollte.

Gisi war bei einem Treffen mit ihren Freundinnen gestürzt und hatte sich ein Bein gebrochen. Es war ein komplizierter Bruch, der sie einige Wochen ans Bett fesseln würde. Während ihres länger andauernden Krankenhausaufenthaltes erhielt sie zwar anfangs noch Besuch von den anderen Mädels. Je mehr Zeit allerdings verging umso weniger wurden diese Stippvisiten bis schließlich niemand mehr kam. Gisi war sehr von ihren sogenannten Freunden enttäuscht, aber was sie noch mehr belastete war die Frage, wie sie zu Haus zurechtkommen sollte, war sie doch durch ihr Gipsbein nur sehr eingeschränkt mobil. Wie sie die Treppen zu ihrer Wohnung bewältigen sollte, war ihr ein Rätsel.

Eines Tages erschien ihre Schwiegermutter im Krankenhaus, um nach ihr zu sehen. Doris war das Ausmaß der Verletzung Gisis bis zu diesem Zeitpunkt nicht bewusst. Sie brauchte etwas Zeit, um sich von dem Schrecken zu erholen. Dann aber fasste sie spontan einen Entschluss und schlug Gisi vor die Zeit, die Gisi bis zu ihrer Genesung benötigen würde in ihrem Haus in Christians altem Zimmer zu verbringen. Gisi blieb nichts weiter übrig und so willigte sie schließlich ein.

Ja, dachte Gisi, als sie so auf ihrem Hocker saß, so hatte alles angefangen. Sie seufzte. *Es war nicht alles immer Zuckerschlecken. Aber jetzt lebe ich schon fünfundzwanzig Jahre hier und möchte nie wieder weg.*

Sie legte den Zettel wieder in den Kasten aus dem sie ihn genommen hatte, packte einige Glühlampen darauf, damit es so aussah, als ob nichts gewesen wäre und ging lächelnd hinaus.

Sollte Christian sein Geheimnis doch behalten.

18. Dezember

„Der Krach ist ja nicht zum Aushalten!" Elsa hielt sich die Ohren zu.

Den ganzen Tag ging das nun schon so. Werner hatte die Flex von seinem Nachbarn bekommen. „De hat sick ganz schön annestellt", hatte Werner Willi erzählt. „Wat ick denn domitte well, hat hei efrocht, und wat dat vorn Bus wehn schall. Nich dat ick wat unanständiget domitte for häv. Oder wat krimminellet. Hat hei secht."

„Wat krimminellet? Wat denkt hei denn, wo hei hinnetreckt is. No Klein chicago tau de Mafia, oder wat? Ick glöw wull. De schall sick hier erstmol vorstelln." Willi war empört. „Wi heit hei noch gliecks? Mattsen oder wi? Den will ick wat vatellen. Is de noch bi Trost? Lot üsch de Sitze utbuen un denn kricht hei dat Ding fluchs wer. Düsse Niebürger. De hat doch nich alle Lattn an Tuun."

Werner und Willi stöhnten und ächzten unter der Last der schweren Sitze. Nach ein paar Stunden hatten sie zumindest die Befestigungen vom Fußboden gelöst. Mittlerweile war es dunkel geworden und Michael und Christian waren dazugekommen. Mit vereinten Kräften hievten sie die schweren Sitze aus dem Bus und stellten sie neben den Bus auf den Boden. Als sie fertig waren, runzelte Willi die Stirn. „Ober nich, dat de hier stohnblieft."

Christian wollte ihn beruhigen und erinnerte daran, dass die Sitze ja schon zwei Tage später auf der Auktion versteigert werden sollten.

Ungläubig fragte Michael: „Wer sollte wohl auf alte Bussitze scharf sein?" Alle blickten etwas misstrauisch auf die Sessel, denn alle wussten, dass die Frage berechtigt war.

„Wi werd seihn." Werner nahm die Flex in die Hand und sagte: „Ick will sei man gliecks wer trügge bring. Nich dat hei noch de Schupos Bescheid gift." Er verabschiedete sich. Die anderen Männer beratschlagten die weiteren Arbeiten.

Als Werner am Haus des Nachbarn angekommen war und gerade klingeln wollte, hört er von Innen ein lautes Poltern mit einem anschließenden lauten Schrei. Er klingelte und klopfte aber niemand öffnete ihm. Er rief durch die verschlossene Tür: „Ist was passiert? Kann ich Ihnen helfen?"

„Es ist nichts passiert", hörte er eine gedämpfte weibliche Stimme sagen. „Aber helfen könnten Sie mir trotzdem. Wenn sie um das Haus herumgehen, und bitte durch den Hintereingang hereinkommen?" Werner suchte im Dunkeln den Weg am Haus entlang, bis er an der Rückseite angekommen war. Dort fand er eine Tür, die er öffnen konnte.

Nachdem sich seine Augen an das grelle Licht des hellerleuchteten Raumes gewöhnt hatten, erkannte er, dass er sich in der Küche befand. Allerdings kam sie ihm irgendwie eigenartig vor. Bevor er begriff, was ihn daran so irritierte, rief die Stimme wieder nach ihm. „Hier bin ich. Auf dem Flur." Werner folgte der Stimme in die Richtung aus der sie kam. Auf dem Fußboden lagen mehrere Jacken, Mäntel, Mützen und Schals. Darauf lag eine Garderobe aus mehreren Eichenbrettern.

„Wo sind Sie", rief Werner und sah sich suchend um. „Hier unten", hörte er die Stimme sagen. Er bemerkte, dass sich unter dem Berg Holz und Kleidung etwas bewegte. Schnell hob er die Garderobenpaneele hoch und befreite als erstes den Oberkörper einer Frau von den Kleidungsstücken.

„Donnerwetter", sagte sie noch am Boden liegend. „Ich hätte doch auf meinen Mann warten sollen, um die Weihnachtsdeko anzubringen." Sie sah Werner mit strahlenden Augen an. „Sie sind mein Retter. Guten Abend, mein Name ist Dorothea Matthiesen. Sie dürfen ruhig Doro zu mir sagen. Helfen Sie mir auf?"

Sie reichte ihm ihre Hand und er zog sie hoch. Erstaunt blickte er auf sie herab. Ihm entfuhr ein langgezogenes: „Ohh." In diesem Moment wusste er, was ihm in der Küche gerade so eigenartig vorgekommen war. Es waren die Möbel. Sie waren wesentlich niedriger als bei ihm zu Haus. Kein Wunder, denn Doro war kleinwüchsig. Sie reichte Werner gerade bis zu den Achseln und Werner war auch nicht besonders groß. Er überlegte kurz, wie groß sie sei. Vielleicht einen Meter dreißig oder eins vierzig. Größer war sie sicherlich nicht.

Doro schien seine Gedanken gelesen zu haben und sagte: „Ohh." Sie sprach es ebenso langgezogen aus wie Werner es getan hatte. „Ohh", sagte sie nochmals und fuhr fort, „sind Sie aber groß", und lachte ihn an. „Kommen Sie gehen wir in die Küche."

Werner folgte ihr und sie bot ihm an, am Esstisch Platz zu nehmen. „Auf diesen Schreck brauche ich einen Schnaps", sagte Doro. „Darf ich Sie einladen?" Werner nickte. Sie holte eine Flasche aus dem Schrank. „Das ist ein Guter. Der kommt von der Küste, wir haben ihn aus unserem Urlaub in Cuxhaven mitgebracht." Sie holte zwei Gläser aus dem Schrank und schenkte ein. „Na dann Prost."

Doro hob ihr Glas und stieß mit Werner an, der bis dahin noch stumm vor Erstaunen gewesen war. Das Klingen der Gläser riss ihn aus seiner Verstörtheit. „Prost", erwiderte jetzt auch Werner und kippte den Schnaps mit einem Schluck hinunter. Doro tat es ihm gleich und schüttelte sich anschließend. „Bah", sagte sie und ekelte sich sichtlich. „Aber das tat gut auf den Schreck."

„Es ist ja anscheinend nicht Schlimmeres geschehen." Werner war schon aufgestanden und suchte eigentlich nach Worten, um sich zu verabschieden. Aber er wollte nicht noch unhöflicher sein, wusste er doch, dass er Doro gerade von unten bis oben gemustert hatte. Gemeinsam gingen sie über den Flur in Richtung Haustür.

„Vielen Dank für ihre Hilfe. Sie waren mein Retter",
wiederholte Doro noch einmal.

„Soll ich Ihnen noch beim Aufräumen helfen?"

„Ach das wäre nett. Wenn mein Mann nach Hause
kommt und das hier sieht, dann macht er sich wieder
Gedanken darüber, ob er mich hier tagsüber allein
lassen kann. Wie heißen Sie eigentlich?"

„Werner- Werner Schmitz. Ich bin ihr Nachbar. Ich
hatte mir von ihrem Mann die Flex geliehen und
wollte sie gerade zurückbringen, als ich das Poltern
hörte. Wie ist das denn passiert?" Er wies mit dem
Finger auf das am Boden liegende Chaos.

„Ach, ich wollte die Lichterkette über die Garderobe
legen. Aber irgendwie bin ich mit dem Ärmel an dem
Haken hängengeblieben und habe alles
heruntergerissen."

Während sie sprach, hob sie ein Kleidungsstück
nach dem anderen auf.

Werner warf einen Blick auf die Wand. Die
Schrauben, die die Garderobe halten sollten, waren
ausgerissen. „Das Beste wäre, wenn wir die Dübel in

121

den Wänden erneuern. Haben Sie noch welche? Und wo ist ihre Bohrmaschine?"

„Ich hole alles. Einen Augenblick bitte." Doro lies die Kleidung wieder auf den Boden fallen und verschwand hinter einer Tür.

In Sekundenschnelle war sie wieder zurück und hatte den Bohrer dabei. Werner begann, die Löcher zu bearbeiten. Doro verließ den Flur noch einmal, um neue Dübel zu holen. Durch den Krach, den die Arbeit mit dem Bohrer verursachte, hatte niemand bemerkt, dass die Tür aufging. Plötzlich stand Herr Matthiesen mitten in dem ganzen Durcheinander und mit einer Schaufel bewaffnet, jederzeit bereit damit auf Werner einzuschlagen. Er brüllte den verblüfften Werner an: „Was machen Sie da? Wo ist meine Frau?"

In dem Moment kam Doro mit den Dübeln herein und sagte: „Die sollten passen." Jetzt fiel ihr Blick auf ihren Mann und seine Schaufel. Sie hatte die Situation sofort erfasst und begann lauthals zu lachen. „Mein lieber Gatte", sagte Doro. „Deine Paranoia stürzt dich nochmal ins Unglück. Unser Nachbar ist mir nur behilflich, weil du die

Garderobe so wackelig angebaut hast, dass sie mir auf den Kopf gefallen ist. Jetzt leg die Schaufel weg und hilf ihm gefälligst." Die resolute Ansprache seiner Frau zeigte bei Herrn Matthiesen Wirkung. Er ließ die Schaufel fallen und fasste mit an, sodass die Garderobe in kurzer Zeit wieder an der Wand befestigt war.

Anschließend schenkte Doro den beiden Männern noch einen Schnaps ein. Um zwischen den beiden Frieden zu schließen, meinte sie. Es folgte noch der ein oder andere Schnaps und zu später Stunde wusste Werner auch, dass Herr Matthiesen mit Vornamen Thomas hieß. Als Helga ihren Mann gefunden hatte, hatten sie sich bereits gegenseitig das „Du" angeboten.

P.S. Eigentlich war Helga sauer. Erstens weil sie ihren Mann solange suchen musste. Zweitens weil er ziemlich betrunken war. Allerdings war sie froh darüber, dass sie dadurch endlich einen normalen Umgang mit ihren Nachbarn gefunden hatten.

Auch bei Thomas Matthiesen hatte die Geschichte etwas Gutes bewirkt. Er bemühte sich sehr, nicht mehr in jedem Fremden einen Verbrecher zu sehen.

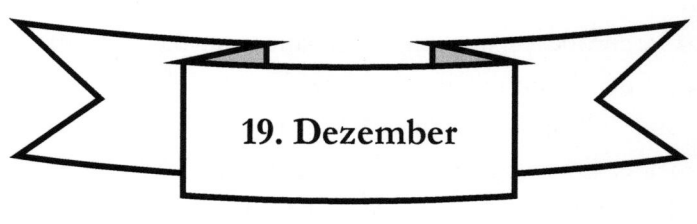

19. Dezember

„Ick werd jück helpen", hörten sie Hartmut brüllen.

Helga und Werner standen am Feldrand und blickten erschrocken in Richtung der Tannenschonung. Was war geschehen? Hartmut kam, immer noch leise vor sich hin schimpfend, durch den Schneematsch auf sie zu. Sonst war weit und breit niemand anderes zu sehen. Als er vor Helga stand schnaufte er vor Wut: „Düsse Bengels höt de Zettel vatuscht."

„Welche Zettel?" Helga war irritiert.

„No", antwortete Hartmut, „de Zettel, de de Lüe an de Böhme hängt hern, de sei sick utesöcht het. Allet vertuscht, nu weit kein ein mehr wecken hei wull. Un ick mut doch de Dannen forn Morkt morjen afslown, domit ick de do verköpn kann. Nee, nee, düsse Bengels." Hartmut schüttelte den Kopf. „Wat geiht blos in de Köppe vun düsse jungen Kerls for."

„Aber wer war das denn", fragte Helga.

„Ick glöw dat wern de drei vun Müllers. De höt jümmers solche Grappn in Kopp. Den ein häv ick gistern hier rumstrabolkern seihn. No- is jetzt egol, ick kann dat nich mehr ännern. Denn möt sick de

125

Lüe n annern Bohm utseuken. Jesses nee. Wat forn Ärger. Ober wat wullt jü denn nu hier?"

Helga besann sich wieder auf ihr eigentliches Anliegen. „Du Hartmut, ich wollt dich fragen, ob wir Tannen von dir bekommen können, um die Räume für den Markt zu dekorieren. Und außerdem brauche ich noch Tannenzweige für meine Basteleien, die ich morgen dort anbieten möchte. Und dann können wir doch gleich einen Weihnachtsbaum aussuchen und mitnehmen. Werner kann mir tragen helfen.

„Hier anne Siete häf ick de Twiege de runnerfallen sünd. De kannste di mittenehm." Hartmut zeigte an den Rand des Feldes. „Und do", er zeigte auf den Tannenwald, „do kannste di ne Tanne utseuken. Egol wecke, de Zettel doran sünd wull sowieso verkehrt."

„Na dann komm, Helga", sagte Werner. „Wollen wir uns mal einen schönen aussuchen. Aber dann guck gleich nach einem mit Zettel dran. Wenn die Jungs die Zettel nur vertauscht haben, dann müssen die so markierten die Schönsten sein. Dann geht es jetzt nur noch darum, ob es ein großer oder ein kleiner sein soll. Also los!"

Helga und Werner stapften durch die Bäume bis sie schließlich einen passenden gefunden hatten. „So", sagte Werner zu Helga. „Du bleibst hier stehen und ich hole Hartmut, damit er ihn uns absägt." Helga sah Werner nach bis er im Grün der Tannen verschwunden war, dann blickte sie sich um.

Ganz schön gruselig hier, dachte Helga. *So müssen sich die Gebrüder Grimm den Wald vorgestellt haben als sie das Märchen von Hänsel und Gretel geschrieben hatten. Hier kann man sich bestimmt verlaufen.*

Sie ging um die von ihr ausgesuchte Tanne herum.

Ja, die ist schön. Die nehmen wir.

Aber was ist das? Durch das Dickicht der Tannennadeln sah Helga etwas Dunkles, das sich bewegte. Was konnte, das sein? Sie ging ein paar Schritte darauf zu und hielt inne. Ein Reh? Das wäre hier nicht ungewöhnlich. Sie ging weiter, immer bemüht möglichst keine Geräusche zu machen, um das Tier nicht zu verschrecken. Dann zögerte sie plötzlich. Wenn es aber ein Wolf ist? Bis jetzt hatten

127

sie in Hohnebostel noch keine Wölfe gesichtet, aber wer weiß. Vielleicht waren sie nun doch schon bis hierher vorgedrungen. Vorsichtig trat Helga den Rückzug an, da hörte sie Werner nach ihr rufen. Das unbekannte Tier war scheinbar durch die Stimmen aufgeschreckt und bewegte sich schnell auf Helga zu. Sie drehte sich um und begann zu laufen. In dem Moment hörte sie Hartmut brüllen: „Hab ich dich du kleiner Nichtsnutz, du Lumpenhund. Bleib stehen, du. Wo sind die anderen?"

Durch das Geäst sah Helga Werner und Hartmut auf sich zukommen. Letzterer zog mit festem Griff einen sich windenden fünfzehnjährigen Knaben hinter sich her und schimpfte, was das Zeug hielt. Helga erkannte den Ältesten der Müllers, den Ben, der wie ein Häufchen Elend dreinblickte. Hartmut blickte wütend auf den Jungen als er ihn fragte: „Seid ihr das mit der Tauschaktion der Zettel gewesen?" Ben nickte zerknirscht. Es war ihm sichtlich peinlich, dass er geschnappt wurde. „So", meinte Hartmut „und wer ersetzt mir jetzt den Schaden? Und wer kommt für den Ärger auf den ich mit den Käufern habe?"

Werner hatte Mitleid mit dem armen Kerl. „Aber Hartmut, nun sei doch nicht so. Du warst doch auch mal jung."

Jetzt mischte Helga sich ein: „Nein Werner, halt dich daraus. So was geht auch nicht. Strafe muss sein. Mir fällt da auch gerade etwas ein. Lasst mich mal machen. Ben, komm` mit. Wir suchen deine Brüder."

Eine Stunde später sah man die drei Jungs bei Hartmut in der Schonung. Sie hatten sich bei ihm entschuldigt, ebenso wie bei den Leuten, die ihre Bäume abholen wollten. Die letzten Tage vor Weihnachten verbrachten die Müllerkinder in den Tannen und halfen Hartmut und den Käufern dabei, ihre Bäume wiederzufinden und abzutransportieren.

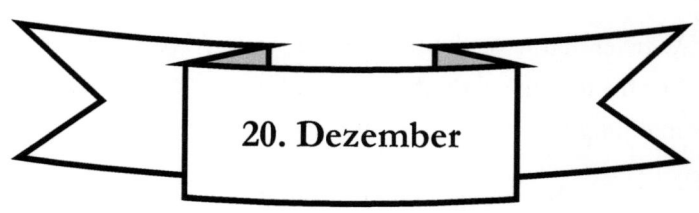

20. Dezember

Der Weihnachtsflohmarkt war ein großer Erfolg darüber waren sich Veranstalter und zufriedene Besucher einig. Schon das Ambiente war herrlich anzuschauen, hatten sich doch die Frauen sehr viel Mühe beim weihnachtlichen Schmücken der Räumlichkeiten gegeben. Überall hing und lag Tannengrün, festlich mit roten Schleifen und Bändern dekoriert. Zwischen den angebotenen Waren standen Windlichter mit Kerzen, die den Raum feierlich erleuchteten, sodass man fast kein elektrisches Licht benötigte. Die Dinge, die für die Besitzer eine Last waren, weil sie zwar noch intakt waren aber nicht mehr benötigt wurden, hatten größtenteils einen neuen Besitzer gefunden.

Die Männer hatten sich auf dem Parkplatz vor der Kneipe Platz verschafft und inmitten Hartmuts Tannenbaumverkauf ihre Bussitze drapiert, die zum Ende des Marktes versteigert werden sollten. Dank des frostigen aber trockenen Wetters benutzten zahlreiche Besucher diese Möglichkeit um mit Glühwein und Waffel ausgerüstet dort zu verweilen. In der einsetzenden Abenddämmerung war es vor dem leuchtenden Weihnachtsbaum eine wunderschöne Atmosphäre, die alle Besucher genossen.

Gegen achtzehn Uhr begann die Versteigerung der Sitze. Die Männer hatten im Außenbereich alles dafür hergerichtet und Michael, der im Reden die meiste Erfahrung mitbrachte, hatte sich ein Stehpult und einen Hammer organisiert, um die Auktion zu leiten.

Viel Publikum saß und stand rund um den Platz. Doch bevor es losging ergriff der Bürgermeister das Wort:

„Liebe Besucher aus Nah und Fern. Es ist mir eine Ehre und ein Vergnügen zugleich, sie zu diesem Weihnachtsmarkt in Hohnebostel willkommen heißen zu dürfen. Dieser Markt ist etwas ganz Besonderes. Erstens weil er der erste Weihnachtsmarkt ist, der in unserem kleinen Dörfchen angeboten wird. Zweitens aber, und dass ist viel wichtiger, weil er von der Dorfgemeinschaft organisiert wurde. Das was sie hier vorfinden, wurde von Menschen geplant, denen die Zukunft unseres Dorfes mindestens genauso am Herzen liegt wie das Ansehen im Allgemeinen und damit eines jeden Gebäudes innerhalb des Ortes im Einzelnen. Dieses wunderbare Gebäude vor dem wir hier gerade stehen, hat seine besten Jahre sichtlich hinter sich.

Eine Restaurierung ist der Eigentümerin aus Kostengründen nicht möglich. Dieses Problem haben Frauen unseres Ortes erkannt und sich daraufhin zu einem Verein zusammengetan, der möglichst unbürokratisch helfen will, wo Hilfe Not tut, nicht nur an dieser Fassade. Zu diesem Zweck wird außer Muskelkraft auch Geld benötigt. Der Verein hat beschlossen, dieses Geld durch Spenden zu bekommen, wie sie hier in Form von Sachspenden vorzufinden waren. Der Erlös aus dem Spendenverkauf, sowie den Kaffee- und Kuchen-, Bratwurst- und Glühwein-verkäufen kommen dem Verein zugute, damit der wiederum investieren kann, wo es nötig ist.

Ich habe gehört, dass hier heute auch eine schöne Summe zusammengekommen ist. Ich wünsche dem Verein mit seinem Projekt „Unser Dorf hat Zukunft" viel Erfolg und bedanke mich bei allen, die, jeder nach seinen Möglichkeiten, daran teilgenommen haben. So ganz uneigennützig ist mein Dank ja nicht, denn wer weiß, wer die schnelle Hilfe des Vereins mal braucht. Also vielen, vielen Dank!"

Als er seine lange Rede beendet hatte, erhielt Bürgermeister Ginster viel Applaus und Zustimmung.

Nun war es an der Zeit, dass Michael die Versteigerung einläutete. Auch er informierte die Gäste in einer kurzen Einführung über den Grund der Versteigerung. Darüber, dass der Bus zu einer Art Klubhaus umgebaut werden sollte, nutzbar für alle, die Interesse daran hätten. Weiteres müsse allerdings noch geklärt werden. Die Frauen schmunzelten. Hatten ihre Männer doch noch einen Weg gefunden, wie sie nach der Schließung der Gaststätte ihre gemeinsamen Abende verbringen konnten.

Die Versteigerung begann.

Als erstes wurde der Fahrersitz angeboten. Hartmut meinte, den könne er gebrauchen, um ihn an den Rand seiner Tannenschonung zu stellen, damit er beim Verkauf im nächsten Jahr nicht so viel stehen musste. Also bot er zwanzig Euro.

„Zum Ersten, zum Zweiten und zum Dritten", zählte Michael laut und schlug mit dem Hammer kräftig auf das Pult. Als nächstes rief er die erste der fünfundzwanzig Zweiersitzbänke auf. Die Zuschauer murmelten. Was sollte man mit so einem Sitz anfangen?

Ein Mann hob zögerlich seinen Arm aber seine Frau riss ihm den augenblicklich wieder herunter und zischte leise: „So was brauchen wir nicht. Das ist doch Schrott." So oder so ähnlich dachten die Meisten. Niemand konnte mit solch einem Sitz wirklich etwas anfangen. Da halfen auch die aufmunternden Worte von Michael nicht, der die Leute zu animieren versuchte: „Ach kommt schon. Vielleicht für die Scheune oder den Garten, einen könnt ihr doch bestimmt irgendwo gebrauchen. Du Hannes kannst ihn doch in dein Eisenbahnzimmer stellen."

Luise pfiff ihren Hannes von der Seite an: „Ich warne dich." Also schüttelte Hannes mit dem Kopf.

Hanna sah, dass Nils die Stirn in Falten legte und sagte lachend zu ihm: „Denk nicht mal drüber nach."

„Also Leute, es ist doch für einen guten Zweck", versuchte Michael es noch einmal. Aber so langsam verzweifelte er an seiner Aufgabe. Plötzlich kam eine

Stimme aus einer der hinteren Reihen: „Ich biete fünfhundert Euro für alle Sitze." Michael suchte zwischen den vielen Gesichtern nach dem Bietenden und bemerkte einen kleinen Mann, der sich durch die Menge nach vorn durchdrängelte.

„Ich zahle bar. Hier und sofort." Der Mann wedelte mit seinem Portemonnaie vor Michaels Gesicht herum. Willi, Werner und Hartmut, die das Ganze verfolgt hatten, berieten sich kurz. Dann sagte Werner: „Schlag ein Michael." Und Michael zählte erleichtert: „Zum Ersten, zum Zweiten und zum Dritten." Er reichte dem Bieter die Hand und der schlug ein. Die Sitze waren verkauft. Alle applaudierten. Die Männer rund um Willi beglückwünschten sich gegenseitig denn sie waren sich einig darüber, froh zu sein, auf diese Weise wenigstens ihren Einsatz zurückerhalten zu haben.

Michael erkundigte sich bei dem Bieter, was er denn mit den Sitzen vorhätte.

„Ich habe ein kleines Busunternehmen", antwortete dieser. „Da muss immer mal ein Sitz ausgetauscht werden. Außerdem finde ich die Initiative toll und unterstütze so etwas immer gern."

Eine gelöste Stimmung machte sich unter allen Anwesenden breit, da trat, von allen unbemerkt, Moni an das Rednerpult und bat um Gehör.

„Meine lieben Mitbürger. Jetzt möchte ich auch einmal etwas sagen. Ich weiß nicht, wie oft ich geflucht habe, weil ich erfahren hatte, dass ihr eure Feiern woanders als bei mir abgehalten hattet. Ich weiß nicht mehr, wie oft ich hier die Gaststätte für ein paar Wenige geöffnet habe. Wie oft, habe ich mich abends gefragt, warum ich überhaupt noch aufschließe und nicht einfach liegen bleibe. Aber das was ihr in den letzten Tagen auf die Beine gestellt habt, verdient Respekt. Auch den meinen. Und auch wenn ich meine Entscheidung nicht mehr rückgängig machen möchte, weil, das habt ihr sicherlich schon bemerkt, ich als Geschäftsfrau nicht wirklich geeignet bin, kann ich jetzt doch mit Freude auf diesen Tag zurückblicken. Ja mit Freude. Und mit Stolz darauf, dass ich zu so einer tollen Dorfgemeinschaft gehöre."

Moni drehte sich kurz um und winkte jemanden zu sich heran. Ein breitschultriger großer Mann trat neben Moni und sie fuhr fort: „Für mich beginnt ein neuer Lebensabschnitt. Dies hier ist Stefan

Niemeyer, mein Freund. Wir heiraten übermorgen. Eigentlich sollte es nur eine kleine Feier werden. Aber Stefan und ich haben beschlossen, da hier jetzt schon alles so schön dekoriert und hergerichtet ist, dass wir euch alle dazu einladen möchten. Wir feiern ganz ungezwungen mit Bier und Bratwurst und würden uns sehr freuen, wenn ihr erscheint."

Die Zuschauer klatschten und gratulierten dem jungen Paar. Nur Sabine blieb nachdenklich zurück und blickte zu Michael, der den Abbau von Stehpult und Anlage überwachte. Ihn schien die Ankündigung von Moni nicht zu interessieren. Wie dumm war sie nur gewesen, dachte Sabine von sich selber. Dann schloss sie sich der Schlange der Gratulanten an.

Elsa und Helga hatten Moni schon gedrückt und standen nun etwas abseits der Gesellschaft, als Elsa fragte: „Aber was schenken wir bloß?"

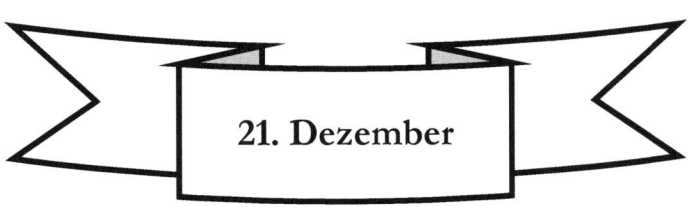

21. Dezember

Willi saß am Frühstückstisch und las die Tageszeitung während Elsa sich bereits mit dem Abwasch befasste. Felix hatte sich eine Ecke in der Küche gesucht, wo ihn niemand so schnell sehen konnte. Ganz in Gedanken versunken spielte er ein Computerspiel, dass seine Mutter ihm geschenkt hatte. Er wusste, dass es Ärger geben würde, wenn sein Opa ihn dabei erwischen würde.

„Nu staht vun Hohnebostel uck mol wat vernünftiget inne Zeitung. Nich jümmers nur wenn eina starven dat."

Elsa fragte erstaunt: „Ach, steiht schon wat vun de Wiehnachtsmorkt inne?"

„Jo", antwortete Willi, „De Bericht ist vun Nils. Dat de Morkt gaut besocht was und dat hei n Erfolg was. Billers hat hei uck eschoten. Hier kannst mol kieken, do büst du uck dobie, hier mit de Vosn inne Hand." Willi gestikulierte heftig um Elsa heranzuwinken und ihr zu zeigen, auf welchem Bild sie zu sehen war. Seine Frau ließ den Abwasch stehen, trocknete sich die Hände ab und setzte sich zu Willi an den Tisch.

„Ach jo", sagte sie. „Ober wi sei ick denn do ut,? Miene Hoore." Entrüstet sah sie Willi an. „Dat härst

140

du mick uck mol segn könnt. Dat du mick so utn Hus rut gon lest. Nee, nee." Sie schüttelte ihren grauen Kopf. Da fiel ihr Blick auf ein weiteres Foto. „Kieck mol, do is uck de nie Nachborin vun Helga un Werner. De is ober wirklich lüttjet, wat? Und dat doneben, dat is öhr Mann. Du, de hat sick mick vorestellt, ober ick hev den Nomen all wer forgetten."

Willi zuckte mit den Schultern: „Weit ick uck nich mehr, Manten oder so. Und do is de Brötigam vun use Moni. Mit den höt wi gistern noch n por edrunken. De heit Stefan. De is Autoverkäufer in Celle. Is n ganzn nettn Kerl." Fügte er noch hinzu.

„Worum uck nich."

„Ach, jetzt fallt mick de Nome vun de annern wedder in. De Nobersche vun Werner heit Doro un de Mann dotau heit Thomas. Wi de utte Bibel: De „ungläubige Thomas". Du düssn Nomen hat hei tau Recht. De glöwt di nix. De secht jümmers: Wirklich? Oder: Ist das wahr? Sine Fru daat sick schon doröwer lustig moken."

„Hoffentlich is de Stefan nich son Stiesel." Willie runzelte die Stirn. „Moni hat wirklich mol n bettn

141

Glück vadeint und de Jüngste is sei jo nu uk nich mehr."

„No, do höt wi jedenfalls jümmers noch Hoffnung for use Jaqueline, dat de noch mol ein afkricht."

In dem Moment fiel Elsa auf, dass sie Felix vergessen hatte. Wo steckte der Bengel nur? Sie entdeckte ihn auf der kleinen Truhe in der Ecke, auf der Felix zusammengekauert und in sein Spiel vertieft immer noch saß.

„Felix", schimpfte Elsa laut, sodass er zusammenzuckte. „Jetzt ist es aber genug. Nur weil du schon Ferien hast, musst du nicht denken, dass du den ganzen Tag mit dem Computer herum datteln darfst."

„Mir ist langweilig", antwortete Felix zerknirscht, ohne den Blick von seinem Spiel zu wenden.

„Soll das jetzt die ganzen Weihnachtsferien so weitergehen?" Elsa schüttelte den Kopf. „Langweilig? Dann nimm dir ein Buch. Oder geh raus zu den Müller Jungs zum Spielen."

„Elsa, du büst doch wull nich mehr ganz bi dick", mischte Willi sich ein. „Du kannst den Jungen doch nicht tau düsse Bengels schicken. De bringt öhm lauter Fisimatenten bi."

„Opa, was sind Fisimatenten?" Felix sein Interesse war plötzlich geweckt.

„Dönecken, Sperenzchen, Mätzchen, nah Dummheiten eben", brummte Opa Willi.

Felix seine Augen blinkten auf. Das klang nach Spaß. Er war schon dabei seine Jacke zu schnappen um zu den Müllers zu laufen, da fiel ihm etwas ein. Enttäuscht setzte er sich wieder auf seine Truhe.

„Was ist denn", fragte seine Oma ihn.

„Die Jungs sind doch bei Onkel Hartmut auf dem Feld und müssen ihm helfen, weil sie die Namen an den Bäumen vertauscht haben."

„Ach so, na ja Strafe muss sein." Oma sah, dass Felix sein Spiel wieder aufnehmen wollte, schüttelte den Kopf und nahm es ihm weg. „Für heute ist Schluss. Lass dir was einfallen. Apropos einfallen", sagte sie jetzt an Willi gerichtet: „Wat schöt wi nu Moni un

143

Stefan tau de Hochtied schenken? Dat is doch schon morjen."

„Geld", antwortete Willi. „Geld könnt sei jümmers brucken und dat geiht schnell. Do koffst du ne Korte und denn packt wi dat Geld dobi, fertich."

„Nee, dat is mi nich Recht. Sei könnt jo Geld kregn ober domut noch wat dotau. Mick fällt nur nix in. Ick glöw, ick goh mol tau Gisi. Mol seihn, ob sei ne Idee hat."

Felix hatte das Gespräch verfolgt. Er mochte Moni. Sie war immer nett zu ihm. So manches Mal hatte sie ihn, wenn sie gerade zufällig vorbeigefahren war, von der Schule nach Haus gebracht. So brauchte er nicht auf den Bus zu warten. Dann durfte Felix immer vorn sitzen, obwohl er eigentlich noch zu klein war. Aber Moni sagte immer, sie würde ja ganz vorsichtig fahren.

Felix wusste zwar nicht, was Oma und Opa Moni schenken würden, aber was er schenken würde, das wusste er und verschwand in Opas Werkstatt.

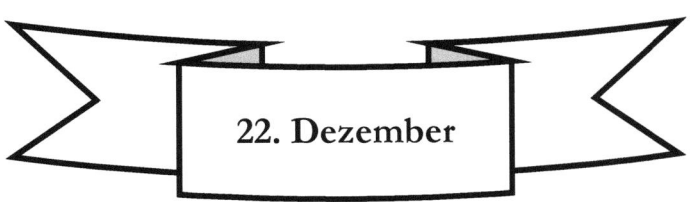

22. Dezember

Es wurde eine wunderschöne Hochzeitsfeier. Am Tag zuvor hatten noch alle geholfen, die Reste vom Weihnachtsmarkt zu beseitigen und den Parkplatz sowie die Räumlichkeiten wieder herzurichten.

Während Moni beim Friseur in Langlingen saß und sich dort vor ihrem großen Ereignis noch stundenlang verwöhnen ließ, hatte Stefan gemeinsam mit Helga, Luise, Gisi und ihren Männern für eine feierliche Dekoration des Innen- und Außenbereichs gesorgt.

Und jetzt stand das frischvermählte Brautpaar draußen vor der Eingangstür um die Gäste zu begrüßen. Inmitten von Hartmuts Tannenbäumen und der, von den Frauen aufgestellten, Kerzen und unter einem roten Herz mit ihrer beider Namen darauf, ergab all das eine winterliche Kulisse, die jedem Pilcher-Film Ehre gemacht hätte.

Den Gratulanten voran gingen zwei Männer. Zwischen sich trugen sie eine mit Löchern versehene Holzkiste, die sie vor dem Brautpaar abstellten.

Christian, der den beiden gefolgt war, begann als erster ihnen Glück zu wünschen: „Die Taube ist das

Symbol der Liebe und Treue. Denn haben sich zwei Tauben erst einmal gefunden, verbringen sie auch den Rest ihres Lebens zusammen. Wir alle hoffen und wünschen, dass es euch genauso geht und ihr den Rest eures Lebens zueinander steht und euch einander Freude seid, wie diese Tauben."

Das Brautpaar und die Gäste lauschten Christians Worten. Sabine war gerührt und schmiegte sich dicht an ihren Michael, der Mila auf dem Arm hatte. Er lächelte auf sie herab, nahm sie fest in seinen Arm und drückte sie an sich während Christian weitersprach.

„Und nun öffnet, als symbolischen Akt, diese Kiste und lasst die Tauben frei."

Moni und Stefan hoben den Deckel von der Kiste, in der jetzt zwei weiße Tauben zum Vorschein kamen, die sofort gurrend abhoben und gen Himmel flogen. Gemeinsam nahmen sie ihren Weg über die Dächer von Hohnebostel. Die Anwesenden schauten ihnen hinterher und klatschten freudig Beifall.

Die nächste, die dem Brautpaar gratulierte war Elsa. Als Älteste hatte sie die Aufgabe übernommen, das

Geschenk in Form eines prall gefüllten Briefkuverts zu übergeben. Sie entschuldigte sich dafür, aber in der Kürze der Zeit hatten sie keine Idee gehabt, was man den beiden schenken könne. Geld, so meinte Elsa, könnten sie sicherlich für etwas Nützliches gebrauchen.

Als weitere Gratulanten kamen Felix und seine Mutter Jaqueline nach vorn. Nachdem seine Mutter ihre Glückwünsche ausgesprochen hatte, zog Felix ein kleines Paket hinter seinem Rücken hervor und übergab es Moni mit den Worten: „Hier. Das ist von mir. Habe ich selber gemacht. Musst du aber gleich aufmachen." Moni tat was er verlangte und öffnete die Schachtel indem sie die Klebestreifen löste. Als sie sah, was sich in der Kiste befand hielt sie vor Erstaunen den Atem an. Stefan, der sie dabei beobachtet hatte, warf nun auch einen Blick in das Kästchen und griff hinein. Was er dann herausholte, ließ Felix seiner Mutter Tränen der Rührung in die Augen schießen. Mehrere kleine Herzen aus Holz, weiß und rot angemalt, kamen zum Vorschein. Alle waren mit kleinen Bändchen versehen, so dass man sie aufhängen konnte. Bei näherer Betrachtung sah man, dass auf jedem Herz der Name eines Dorfmitglieds stand. Es waren zu wenig Herzen, als dass jeder Einwohner dabei gewesen sein konnte. Aber es war sicherlich jeder dabei berücksichtigt, den Felix kannte. Ganz oben auf lagen die Herzen von Moni und Stefan. Dann kamen natürlich Jaqueline, seine Mutter, und Oma Elsa und Opa Willi. Aber auch Tante Helga und Onkel Werner waren dabei. Sogar Bürgermeister Ginster und seine Frau Gesine hatte Felix nicht vergessen.

Moni fragte Felix noch einmal erstaunt: „Die hast du wirklich alle selber gemacht?"

„Jaaa", antwortete der leicht verschämt. Jetzt war ihm die ganze Aufregung rund um sein Geschenk doch etwas peinlich. „Hab ich doch gesagt."

„Ohh Felix", sagte Moni daraufhin überwältigt. „Das ist das schönste Geschenk, das wir heute bekommen haben. Vielen, vielen Dank." Überglücklich drückte sie Felix fest an sich. Aber er befreite sich schnell aus ihrer Umklammerung und meinte: „Die könnt ihr hier an den Weihnachtsbaum vor eurer Tür hängen."

„Das machen wir doch sofort." Stefan, dem die Stimmung nun doch zu rührselig wurde, bedankte sich bei Felix, reichte ihm die rechte Hand und mit der linken schlug er ihm kumpelhaft auf seine Schulter.

Nachdem alle Herzen an der Tanne verteilt waren und die übrigen Gäste gratuliert hatten, baten Moni und Stefan die Gesellschaft in die Dorfkneipe zum Essen. Einem befreundeten Caterer war es möglich gewesen, kurzfristig noch ein ansehnliches und köstliches Buffet anzurichten.

Auf der alten Musikbox stand eine Dose mit Kleingeld, sodass jeder Gast mit dem Einwurf einer Münze seine Lieblingsmelodie erklingen lassen konnte und das Brautpaar tanzte zu dem Lied: Rote Rosen, rote Lippen, roter Wein von Rene Carol. Alle sangen und klatschen im Takt mit.

Die Stimmung war gelöst und glücklich. Man freute sich über das Glück der beiden.

Zu später Stunde, als alle soweit satt, müde und zufrieden auf den Stühlen und Bänken saßen, holte Christian den Diaprojektor herein und stellte ihn auf einen Tisch. Gespannt beobachteten die Gäste ihn dabei. Dann begann er mit einer kleinen Rede:

„Lieber Stefan, weil wir dich eigentlich erst vorgestern kennengelernt haben - und du uns auch…" Er schmunzelte ein wenig. „Deshalb wussten wir überhaupt nicht, was wir dir schenken können. Nun hat dieser Diaprojektor bei unserem Weihnachtsflohmarkt keinen Abnehmer gefunden. Gott sei Dank muss man sagen, denn das war für uns die Lösung für unser Dilemma nicht zu wissen, was wir schenken könnten. Wir haben beschlossen, dass wir dir einmal zeigen wollen, in was für eine Gegend du hineingeraten bist und mit was für Leuten du es ab sofort zu tun hast. Aus diesem Grund haben wir unter den Freunden alte Dias zusammengesammelt, die dir all das einmal vorführen sollen. Und für alle anderen hier ist das sicherlich auch eine schöne Unterhaltung. Gisi, mach doch bitte mal das Licht aus und dann: Film ab."

Bereits das erste Foto sorgte für Gelächter. Es zeigte Christian und Moni im Alter von ungefähr vier Jahren gemeinsam und nackt, wie sie in einer Zinkwanne badeten. Dem folgten viele Bilder von Moni und ihren Eltern vor der Dorfkneipe, dort wo jetzt der mit den Herzen von Felix geschmückte Weihnachtsbaum leuchtete. Auch Fotos von Willis und Elsas Hochzeit vor fast 60 Jahre waren zu sehen und viele andere mehr.

Die meisten Hohnebosteler hatten Dia Fotos irgendwo bei sich liegen gehabt, die sie für diesen Tag zur Verfügung gestellt hatten. So hatten alle ihre Freude an der Vorführung.

Die Feier dauerte bis in die frühen Morgenstunden und als die Gäste schließlich den Heimweg antraten, bemerkten sie, dass es wieder geschneit hatte.

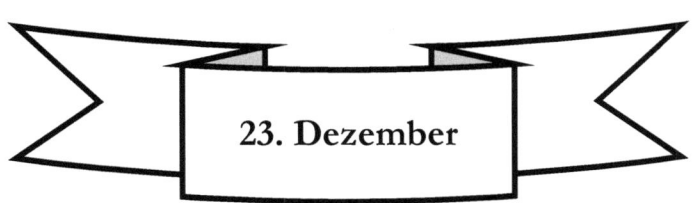

23. Dezember

„Morgen ist Weihnachten", flüsterte Helga leise vor sich hin. Sie rekelte sich in ihrem Bett als ihr schlagartig klar wurde, was sie da gesagt hatte. „Morgen ist Weihnachten, Werner!" Helga setzte sich abrupt auf, schaltete das Licht ein und rüttelte ihren Mann auf, der noch in tiefen Träumen versunken schien. Langsam wurde Werner wach. Er blinzelte mit den Augen. „Ja und", fragte Werner noch immer schlaftrunken.

„Wir haben noch so viel zu erledigen. Ich muss das ganze Haus noch sauber machen und eingekauft habe ich auch noch nichts."

„Na dann", murmelte Werner und drehte sich auf die andere Seite.

„Was heißt hier na dann?" Helga war inzwischen aufgesprungen und ins Bad gelaufen. „Du kannst schon mal Frühstück machen. Ich schmeiß die Waschmaschine an und fahre einkaufen. Ich nehme das Auto, damit ich alles mitkriege. Dann kannst du in der Zeit staubsaugen und den Baum reinholen. Der Ofen muss auch noch sauber gemacht werden. Ach ja, und dann habe ich gestern gesehen, dass über dem Eingang dicke Spinnweben hängen. Fege die mal runter. Bis gleich."

„Mmh", kam unter der Bettdecke hervor. Dann war Helga schon aus dem Zimmer.

Als sie ihre Jacke von der Garderobe nahm, besah sie sich im Spiegel. Es war eine schöne Feier gewesen, die Hochzeit von Moni und Stefan. Und das viele gute Essen. Helga dachte daran, wie schön alles hergerichtet war und wie gut es doch geschmeckt hatte. Sie seufzte. Helga aß einfach zu gern und es heißt ja auch: Essen hält Leib und Seele zusammen. Für die Seele mochte das ja gelten, aber den Leib dehnte Essen doch eher aus als dass es ihn zusammenhielt.

Und morgen ist Weihnachten, dachte Helga. Schon wieder drei Tage essen und trinken. Früher als die Kinder noch klein waren, da wurde wenigstens noch gespielt. Wie oft war sie mit den Kindern über den Boden gerutscht, um mit ihnen Puppen anzuziehen oder kleine Autos fahren zu lassen. Wie oft hatte Werner den Heiligen Abend damit zugebracht, Lego- oder Playmobilteile zusammenzubauen.

„Werner! Bist du aufgestanden", rief Helga noch einmal die Treppe hoch und lauschte. Er wird wohl schon im Bad sein, dachte Helga noch und verließ das Haus.

Mit dem neuen Auto war sie noch nicht ein einziges Mal gefahren.

Wie war das noch mit der Fernbedienung? Einfach drücken? Schon sprang die Fahrertür auf. Helga setzte sich hinein. Wie mache ich das nur an? Ein Schlüsselloch war nirgends zu finden. „Phh", stöhnte Helga. Immer diese Neuerungen. Jetzt aber- was hatte der Verkäufer gesagt? Einfach den Knopf betätigen? Helga versuchte sich zu erinnern. Sie drückte den Knopf auf dem Start stand. Der Motor sprang kurz an und ging gleich wieder aus. Ach ja, Bremse treten, dachte Helga. Das tat sie auch und drückte abermals den Starter. Nun sprang der Wagen an. Allerdings nicht nur der Wagen, sondern auch gleich sämtliche Elektronik, die sich darin befand. Die Scheibenwischer vorn und auch hinten wischte über die Fenster, die Beleuchtung sowohl innen als auch außen schaltete sich ein und aus dem Radio erschall in ohrenbetäubender Lautstärke das Weihnachtslied „Last Christmas".

Helga erschrak fürchterlich und schlug sich die Hände vor die Augen.

In dem Moment riss jemand die Tür auf und drückte auf den Startknopf. Plötzlich war Totenstille. Helga blickte auf und sah Werner vor sich. Er stand nur mit einem Schlafanzug bekleidet barfuß im Schnee.

„Was machst du denn da", fragte er.

„Aber ich habe dir doch gesagt, dass ich einkaufen muss." Helga stieg aus dem Auto. Ihr schlotterten die Knie.

„Jetzt komm erstmal rein." Werner lief auf Zehenspitze vor ihr zum Haus zurück.

Im Haus angekommen sagte Helga zu Werner: „Aber ich muss unbedingt einkaufen, sonst gibt es die kommenden drei Tage nichts zu essen."

„Nun lass uns doch erstmal frühstücken, dann zeige ich dir, wie man unser neues Auto bedient. Das ist nämlich eine ganz ausgeklügelte Technik musst du wissen. Da kann man sich nicht einfach reinsetzen und losfahren. Da braucht man vorher eine Einweisung."

Helga hatte sich mittlerweile beruhigt und beobachtete interessiert ihren Werner, wie er so, immer noch frierend, von einem Fuß auf den anderen tippelte und seine Predigt hielt. Dann fragte sie: Sag mal, frierst du?"

„Was für eine dämliche Frage", sagte Werner zitternd.

„Du da weiß ich was", sagte Helga. „Da gibt es so eine ausgeklügelte Sache. Die nennt sich Kleidung. Ohne die sollte man nicht mitten im Winter das Haus verlassen. Ich kann dir die ja mal bei Gelegenheit zeigen." Sie lachte und verschwand in der Küche.

Am Abend hatten die beiden dann fast alles erledigt, was zu erledigen war. Die Wäsche war gewaschen und hing vor dem warmen Kaminofen auf dem Wäscheständer. Die Einkäufe waren mit Werners Hilfe getätigt. Er hatte sich danach noch stundenlang über die Länge der Käuferschlangen aufgeregt, die ihn zum Warten vor der Kasse nötigten. Der Weihnachtsbaum stand schon im Wohnzimmer bereit, um am kommenden Morgen geschmückt zu werden. Werner hatte sogar vorher gesaugt. Allerdings wusste er nicht, dass auch unter dem Sofa und hinter dem Fernsehtisch Staub liegt, also hatte Helga alles noch einmal abgesogen.

Nur die Spinnweben über der Haustür waren vergessen worden. Sie würden auch im neuen Jahr noch dort hängen.

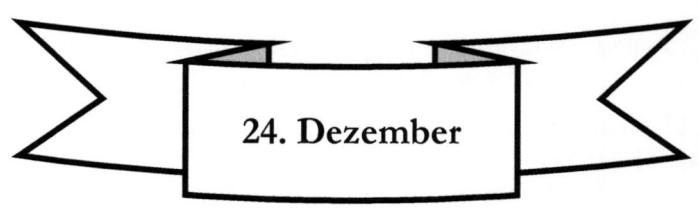

24. Dezember

Gegen Mittag trudelten doch noch einige Gäste bei Moni ein. Sie hatte schon gar nicht mehr damit gerechnet. An einem Tag wie heute hatte doch jeder noch das ein oder andere zu erledigen, bevor es am späten Nachmittag in die Kirche ging. Aber heute war alles anders als in den Jahren zuvor.

Willi und Hartmut saßen bereits auf ihren Plätzen an ihrem Stammtisch und hatten ein Gedeck vor sich stehen. Werner, der gerade zur Tür herein gekommen war, setzte sich zu ihnen und orderte sein Getränk.

Ziemlich zeitgleich erschien Stefan und fluchte: „Diese verwöhnten Städter. Jetzt schenken die ihren Kindern zu Weihnachten schon Autos. Und anstatt sich das eher zu überlegen, muss das alles auf den letzten Drücker passieren. Aussuchen, kaufen, ausliefern, anmelden. Na ja, anmelden klappt ja nun nicht mehr. Die Stelle beim Landkreis hat ja heute geschlossen. Pech gehabt."

Moni strich ihm über den Kopf und gab ihm einen Kuss. „Reg dich nicht auf. Jetzt hast du ja frei."

Die Tür ging auf und Bürgermeister Ginster und Christian kamen herein.

Noch während sie ihre Jacken auszogen und an die Garderobe hingen, rief Christian Moni fragend zu: „Jetzt sag` uns bitte mal, wo habt ihr euch eigentlich kennengelernt?"

„Jo. Dat würd mick uck mol intressiern.", meinte Hartmut und deutete mit dem Finger auf Stefan. „Den höt wi hier noch nich eseihn un plötzlich staht hei hier inne Dör. Haste den utn Katalog?"

Moni, die wieder hinter der Theke am Zapfhahn stand, sah kurz hoch, griente und antwortete: „Da staunt ihr, was? Dass ich noch jemanden kennengelernt habe. Und ihr habt das nicht mitgekriegt."

„Dat keim schon bannich überaschend. Dat mut ick schon segn. Miene Elsa meint, du hast den wull up sonne Partnerbörse kennenlehrt. Dat hat sei mol in Fernseiher sein. Speed-Dating heit dat do. Was dat so?" Willi blickte sie gespannt an. Auch alle übrigen Männer warteten begierig auf Monis Antwort.

Moni fing an zu lachen. Wie neugierig Männer doch sein konnten. „Nein!" Immer noch jauchzend schüttelte sie energisch den Kopf. „Nein, den hab ich aus dem Internet." Sie hielt sich den Bauch vor Lachen als sie in die Gesichter der anderen sah.

„Aber ohne Rückgaberecht", warf Stefan jetzt auch johlend ein.

„Was?" Christian blickte die beiden verständnislos an. „Kann man da heute schon Menschen bestellen?" Seine Tischgesellen blickten entsetzt zu Moni und Stefan hinüber. Alle warteten auf eine Erklärung. Aber es dauerte ein wenig bis sie sich von ihrem Gelächter wieder beruhigt hatte und antworten konnte.

„Also es gibt da über eine Handy-App so eine Möglichkeit, Menschen kennenzulernen und weil ich nie irgendwo hinkam, um jemanden zu treffen, habe ich mich dort angemeldet. Ja, und Stefan auch. Und so kamen wir vor einem Jahr zusammen. Erst haben wir nur per Skype Kontakt gehalten. Aber bald schon merkten wir, dass wir wie geschaffen für einander sind und begannen, uns zu treffen. Heimlich natürlich, damit hier im Dorf keiner was mitkriegt."

„Moni hatte große Angst davor, was hier im Dorf geredet werden würde." Jetzt runzelte Stefan ernst die Stirn. „Dabei sind die doch alle so nett hier, Moni. Die Heimlichkeiten hätten wir uns sparen können."

„Na ja!" Moni zuckte mit den Schultern. „Man weiß ja nie. Aber Stefan und ich, wir müssen euch noch etwas sagen. Das hätten wir schon lange tun sollen, aber auch dafür gab es nie den richtigen Augenblick."

Wieder sahen alle gespannt auf Moni. Was kam jetzt noch?

„Nun, es geht um die Renovierung dieses Gebäudes. Das werden wir beide allein stemmen können. Stefan verdient ja ganz gut."

Bürgermeister Ginster erwiderte überrascht: „Aber dann haben unsere Frauen sich ja die ganze Zeit umsonst Gedanken gemacht und der Weihnachtsmarkt und die ganze Planung und die Gründung des Vereins. Das alles wäre nicht nötig gewesen."

„Ja. Wir wissen das." Moni war es sichtlich unangenehm. „Aber als ich sah, wieviel Mühe sich die Frauen gegeben hatten und wieviel Spaß sie dabei hatten, da mochte ich ihnen nicht sagen, dass wir für uns schon eine Lösung gefunden hatten. Nun ja, und, auch wenn wir die finanzielle Unterstützung nicht benötigen. Gegen ein wenig Hilfe von euch bei den Arbeiten haben wir nichts einzuwenden."

„Außerdem", ergänzte Stefan, „hat so ein Verein doch auch was für sich und das Geld, das wird sicher auch an anderen Stellen benötigt. Vielleicht für eine weihnachtliche Straßenbeleuchtung?" Er zwinkerte dem Bürgermeister zu.

Indem ging die Tür auf und Elsa erschien. „Willi", schimpfte sie. „Kummst du jetzt mol no Hus. Wi wüt doch gliecks mit de Kinners inne Kerke."

Alle schauten überrascht auf die Uhr. War es schon so spät geworden? Willi erhob sich ebenso wie alle anderen, die schnell ihre Sachen schnappten und sich eilig davon machen wollten, nicht ohne Moni und Stefan beim Hinausgehen noch einmal zuzurufen:

„Frohe Wiehnachten!"

Nachtrag

In Hohnebostel beginnt heute, genauso wie überall auf der Welt, die Weihnachtszeit. Die Menschen gehen am Heiligen Abend oder an einem der anderen Weihnachtstage in die Langlinger Johanniskirche oder in andere Kirchen, um sich auf die besinnliche Stimmung im Gottesdienst einzulassen, um zu beten, zu singen, den Predigern zu lauschen oder einfach nur, weil es zu Weihnachten dazugehört.

Ihr fragt euch vielleicht, was aus dem Bus der Männer geworden ist. Ich kann euch sagen, den gibt es nicht. Der existiert nur in dieser Geschichte. Auch gibt es keine Kneipe in Hohnebostel mehr. Die einzige Gastwirtschaft hat bereits vor Jahren ihre Türen geschlossen und gehörte auch niemals einer Moni. Einen Dorfverein, der sich zum Ziel gesetzt hat, alte Häuser zu erhalten, den gibt es auch nicht. Aber es könnte einen geben!

Wen es aber gibt das sind Menschen wie Moni, die sich allein gelassen fühlen und Menschen wie Elsa, die sich um ihre Enkel kümmern. Es gibt Männer, wie Hartmut, die selber nicht viel haben, trotzdem aber das Wenige, das ihnen gehört gern teilen wollen. Und es gibt Frauen, wie Helga, die einfach anfassen, wo Hilfe nötig ist. In jedem von diesen Menschen steckt ein wenig Angst vor dem Ungewissen oder Neuen wie bei, wie hieß er noch gleich? Ach ja, Herr Matthiesen.

Eifersucht wie bei Sabine oder Fröhlichkeit wie bei Doro sind Eigenschaften, die niemandem fremd sind, dem einen weniger als dem anderen. Die Weisheit von Willi, die Vorwitzigkeit von Felix und der Ideenreichtum von Luise, alles das steckt in jedem von uns. Niemand ist vollkommen. Aber alle diese unterschiedlichen Menschen beflügeln das Zusammenleben und machen eine Dorfgemeinschaft vollkommen.

Und dann beginnt sie: die Weihnachtszeit. Ein paar Tage im Jahr, in denen man mal nicht einkaufen kann (obwohl- online geht ja alles) und die die meisten von uns hoffentlich zufrieden und glücklich in ihrem Haus, ihrer Wohnung mit Freunden und Familie verbringen dürfen. Ein paar Tage, in denen jeder einmal Zeit haben sollte, seine Arbeit liegen zu lassen, um Luft zu holen und sich auf die wichtigen Dinge des Lebens zu besinnen nämlich Familie, Nachbarn und Freundschaften.

Und ich?

Ich gehe jetzt nach Haus und lege meine Füße hoch, um mich von dem Trubel zu erholen, den meine Dorfbewohner in den letzten vierundzwanzig Tagen verursacht haben.

Und vielleicht, ganz vielleicht, lasse ich sie im nächsten Jahr in der Adventszeit wieder dabei sein. Aber darüber mache ich mir Gedanken, wenn es soweit ist. Bis dahin verbleibe ich in großer Hochachtung vor diesen und allen anderen Bewohnern der Dörfer am Rande der Aller und anderswo.

Es war mir eine Ehre!

Autorenporträt

Ilena Grote wurde im niedersächsischen Celle geboren. Heute lebt sie gemeinsam mit ihrem Mann in Langlingen, einem Dorf in der Lüneburger Heide. Das Buch „Die AllerFrauen" mit dem Untertitel „Weihnachtsmarkt in Hobo" ist ihr drittes Buch. Auch in diesem Werk schreibt sie liebevoll über das Dorfleben und den nicht ganz fehlerfreien Dorfbewohnern.

Allerdings sind die Handlung und alle handelnden Personen frei erfunden. Jegliche Ähnlichkeit mit lebenden oder realen Personen und/oder ihren Handlungen wäre rein zufällig.